U0025803

淺草鬼妻日記 六

妖怪夫婦大駕光臨

友麻碧

輕文學
Light Literature

目錄

第一章　大事件揭開序幕……013
第二章　橫濱中華街「月華樓」……046
第三章　郵輪晚宴（上）……081
第四章　郵輪晚宴（下）……102
第五章　寶島拍賣會……122
第六章　真紀，命運的相遇……140
第七章　馨救出灰島大和……164
第八章　阿水長年等待的瞬間……193
第九章　歸處……221
後記……259

淺草鬼妻日記 登場人物介紹

擁有妖怪前世的角色

夜鳥(繼見)由理彥

真紀和馨的同班同學，擁有假扮人類生存至今的妖怪「鵺」的記憶。目前與叶老師一起生活。

茨木真紀

昔日是鬼公主「茨木童子」的高中女生。由於上輩子遭到人類追殺，這一世更加渴望獲得幸福。

天酒馨

高中男生，是真紀的青梅竹馬也是同班同學，仍然保有前世是茨木童子丈夫「酒吞童子」的記憶。

前世的眷屬們

《酒吞童子　四大幹部》

熊童子

虎童子

生島童子

水屑

《茨木童子　四眷屬》

深影

水連

木羅羅

凜音

其他角色

小麻糬

津場木茜

叶冬夜

那天，我作了一個夢。

夢裡有位赤紅色長髮編成三股，臉上貼著寫有「大魔緣」的靈符，缺了一隻手臂的女鬼。

大魔緣茨木童子。

還不少人知道當時擁有這個稱號的我。

因為我活了這般漫長的歲月，一路與歷代大妖怪及當朝掌權者對峙。

可是，酒吞童子——馨，他並不知道。

我那副醜陋的模樣。

○

「……呼、呼。」

我全身都淌滿了汗水。作前世的夢很耗體力。

由於我醒了過來，睡在旁邊的小麻糬似乎也跟著醒了。

他一開始還迷迷濛濛地，但看到我滿頭大汗，就拿自己的毛巾幫我擦拭。

「噗咿喔、噗咿喔。」

「小麻糬，謝謝。你好體貼喔。」

我一把緊緊抱住小麻糬。將臉埋進他柔軟的身體裡，小麻糬又「噗咿喔」地叫了。可愛的小麻糬療癒了我的內心。

「有點太早起了呢。對了，小麻糬，要不要去早晨散步？我們可以在半路上買飯糰。」

「噗咿喔～、噗咿喔～！」

馨是會早上爬起來寫作業的人，所以搞不好現在也醒著，但又不好去打擾他。就別問他好了。

我偶爾也會想要一個人思考些事情。

雖然已經三月中旬，但早晨依然很寒冷。我穿上外套、圍好圍巾，再幫小麻糬套上手織的披風，抱起他靜靜地走出家門。

早上的淺草寺，仲見世街的店家當然還沒開門。比起稀稀落落的觀光客，遛狗的人倒是不少。我則是遛企鵝寶寶。

但這種地方正是淺草日常的模樣，令人有種安穩的感覺。

仲見世街的店家鐵捲門上的壁畫稱為「淺草繪卷」，上面繪有淺草的歷史及一年四季的活動。是為了就算拉上鐵捲門，還是能有一番視覺饗宴所下的工夫。

這是小知識呢。

「噗咿喔～」

「好好。小麻糬你肚子餓了吧，等一下喔。」

我們快步穿過淺草寺，走到淺草車站那一側的十字路口轉角，先去「明亮的農村」這間販售手捏飯糰的店家。

這家店一早就開始營業，上班或上學前可以外帶便當、飯糰或三明治等餐點。

我買了梅子、芥菜、鮭魚及焙茶飯口味，每個一百日圓的小飯糰。來到隅田川岸邊，展開晨間散步。

現在是白色情人節的早上。

昨天阿水和影兒提早一天送我白色情人節的回禮，那個好好吃喔。

兩人都是我重要的眷屬，以及前眷屬。

當然，沒有隨時跟我們在一塊兒的凜音也是。

還有，不曉得在何方的木羅羅也……

「嗯？小麻糬，你在看什麼？」

「噗伊。」

小麻糬用翅膀指向樹木上方。

在那兒動來動去的是，隅田川的那群手鞠河童。他們爬上隅田公園提早開花的櫻花樹上，撥開花朵發出窸窸窣窣的聲音。

「啊啊，那個呀，是在吸櫻花的花蜜喔。」

大批手鞠河童將嘴伸進花朵裡欸欸吸蜜的模樣，是隅田川春季特有的景象。

小麻糬雙眼晶亮，興味盎然地觀察著。

「啊，打架了。」

有兩隻動手推對方，打了起來。旁邊的其他手鞠河童遭到牽連，糾纏在一塊兒，互相推擠，甚至還有傢伙嘩啦嘩啦地從樹上滾下來。這些傢伙在幹嘛呀，真是的。

就算淺草的結界復活了，這些傢伙仍舊是沒有一絲警戒心的低級妖怪。

明明有好多隻夥伴被狩人抓走了……

我走下樓梯到岸邊步道，坐在石製長椅上，凝望著寬闊川面的水流，拆開剛剛買的飯糰的保鮮膜，大口大口吃了起來。

還有一點點溫溫的，手工捏製飯糰特有的鹹味恰到好處，我很喜歡包裹住白飯、略帶濕潤的海苔。家常又讓人放鬆，令人有點懷念的味道。

我的是梅子跟芥菜，小麻糬則是焙茶飯和鮭魚。

「小麻糬，你看。今天的晴空塔也很高耶。」

「噗咿喔！」

雖然是理所當然的事，但不管什麼時候抬頭看，晴空塔果然都很壯觀。

畢竟它可是這個國家最高的建築物，那是肯定的呀。

晴空塔在隅田川對岸堂堂聳立著，無論何時都守望著我們。它變成了這樣的一個象徵，真是有些不可思議。

時代剛進入明治時，作夢也想不到會在這塊土地上蓋那麼高的塔。

「茨木童子死在淺草。」

我輕聲脫口而出。那幾個字，被早春強勁的晨風吹散得無影無蹤。

酒吞童子過世後，變成惡妖的茨木童子為了尋找「酒吞童子的首級」，一路上打遍各方人士。

一直活到明治初期，輾轉來到淺草。然後，最終遭到陰陽師土御門晴雄制伏，命喪於此。

一心只想著，別再將當時的負面情感帶進新的人生。

不，或許我直到今天都還在逃避。

不想讓馨知道當時醜陋的我，有好多好多事都沒能告訴他。

並不是害怕他會因此討厭我。只是，不知道該怎麼說。也不曉得該從何啟齒。畢竟花了太過漫長的時間。

可是，慢慢來也沒關係，還是必須告訴他真正的我。

「我們都開始交往了……」

不是吧，前世夫妻還交什麼往呀。連我自己都想這樣吐嘈了。但實際上，雖然事到如今，我跟馨現在的關係就是開始交往了。

我拉出戴在脖子上、藏在衣服裡的紅寶石項鍊，緊緊握住，像個少女想著心愛的那個人。這是馨買給我的聖誕禮物。

「啊啊！小麻糬～你吃得到處都是飯粒。」

「噗咿喔？」

小麻糬捧著焙茶飯飯糰吃到渾然忘我。我捏起他嘴邊的飯粒。

這時，風勢依然強勁地颳著。

「那個……」

背後有人出聲搭話。我回過頭，看見那兒站著一位戴著眼鏡的陌生青年。

不對，這頭蓬鬆亂髮跟黑框眼鏡，我有印象。

高瘦的身材，穿著鬆垮垮的毛衣……

「啊啊！你是家庭餐廳裡不知道怎麼用飲料吧的那個人！」

我不禁手指向那位青年，嘴裡吐出一長串說明般的話。

他有一點被我的大嗓門嚇到，但就像在說沒錯似地使勁點頭。

「剛剛覺得背影有一點像，就想說搞不好是妳。」

「啊啊，原來如此。呵呵，我的頭髮澎澎的，又帶有一點紅色，所以背影也很引人注目吧？」

他又無聲地點頭，然後低頭道謝說：「那時多謝妳了。」

禮數端正，但總覺得不太靠得住。這個青年有種人畜無害草食動物的感覺。

我捲起自己的紅色頭髮把玩。

「我呀，因為這個頭髮，在學校常被警告。明明是天生的，我也拿它沒轍呀。」

「……為什麼？明明這麼漂亮。」

結果青年意外大膽地開口讚美我的頭髮。

剛剛才擅自認定對方是草食系男子的我，現在一時手足無措。

「啊，謝……謝謝你。那個，你住在這附近嗎？」

「沒有，我只是偶爾有事要來淺草，並沒有住在這裡。今天也是有事必須完成。咳咳。」

他輕聲說話，最後還咳了起來。是感冒了嗎？

「你還好吧？現在早上還很冷，要穿暖一點。」

我跟平常一樣發揮如同淺草歐巴桑的雞婆，拿下繞在自己脖子上的白色圍巾，圍在青年的脖子上。

因為他的毛衣是寬鬆的V領，脖子周圍看起來好冷。

「這個……妳的……」

「給你吧。我還有一條。啊，還是你會覺得被強迫塞了一條舊圍巾？」

「沒、沒這回事，很溫暖……」

「那就好。因為我們是在情人節遇見的緣分，在白色情人節送你這個。」

我嘴裡還說著自己都覺得莫名其妙的理由。那個人大概也沒聽懂是什麼意思，皺起眉來，嘴巴半開。

不過，他在意的似乎是坐在我的大腿上，穿著披風的寶寶企鵝。

「嗯，那個……」

我驚聲大叫「啊啊」。

「我該去學校了！」

或許看起來有點不自然，但實際上時間也差不多該趕緊回家了，馨要來接我了。

而且，在去學校前，還得把小麻糬帶去阿水的藥局托育。

「先這樣吧。我住在淺草，下次應該還有機會碰到吧。對了，我叫作茨木真紀。你呢？」

我順勢問了對方的名字。

下次再遇見時，如果還不曉得名字，也不好意思叫人家呀。

我腦中轉著這些念頭時，青年一言不發，低下頭從我的旁邊走過。

「來栖未來。」

沒錯，他在離去時說了名字。只有那道聲音，清晰地傳進了耳朵。

春風依舊強勁地吹著。我回過頭時，那位青年已經不見蹤影。

第一章　大事件揭開序幕

儘管是白色情人節當天，那一天應該還是如往常一般。

可能是因為早起去隅田川附近散步的緣故，上課時我也是昏昏沉沉的。

不，這個也是一如往常呀。

噗咿喔～噗咿喔～

啊啊，是從哪裡傳來的呢，我聽到小麻糬呼喚我的叫聲。

明明已經把小麻糬送到阿水的藥局，他應該不會出現在這裡才對。

現在就連作夢都會聽到小麻糬的聲音了呀……

我腦中轉著這些思緒，一邊繼續跟睡意奮戰，結果這似乎並非一場夢。

噗咿喔～噗咿喔～

我目瞪口呆地看向窗外。

那裡，一個人也沒有的操場上，站著一位妖怪。

身穿黑色西裝，單手抱著小麻糬，另外一手抱著傷勢慘重的烏鴉。

「凜……」

凜音。茨木童子的前眷屬之一，是吸血鬼。

從遠方望去，也能看出他的表情很凝重，單隻黃金之眼正強烈訴說著。

茨姬，出事了。

「老師！」

「什、什麼事！茨木。」

「不好意思，我頭好痛，好暈又想吐，我要去保健室！」

「咦？再五分鐘就下課了……欸，啊，茨木！」

五分鐘，在分秒必爭時也很長。

因此我不等國文老師同意就衝出教室，急忙往凜音所在之處跑去。

馨跟由理看到我的舉動，也察覺到不對勁，分別找藉口溜出教室。

教室裡的同學看到我們三個都跑出來，應該會議論紛紛吧，但這種時候也管不了那麼多了。晚點再叫叶老師想辦法擺平吧。

「凜！怎麼了？」

我跑下階梯到大樓門口時，凜已經來到那兒了。

他仍是擺出那張蒼白冷淡的臉，但跟平常略顯不同，透著一股焦急的神色。

我想要立刻聽他說明情況，但冷靜的馨拉住我的手臂。

「喂。在這裡講不太好。趁下課前，我們從社辦去狹間吧。」

聽到他的話，我才「對喔，應該這樣做」地點點頭，急忙朝社辦移動。

正好下課鐘聲響起，學校同學們大舉衝出教室的腳步聲傳了過來。

但我們已經不打算要回去上十分鐘後開始的下一堂課了。

「開啟，裏明城學園。」

社團辦公室的打掃工具櫃是通往那一側的入口。

從那裡可以下降到一個仿造學校而成的狹間空間。

一抵達不會有人類來打擾的地方，我立刻向負傷的影兒注入自己的靈力。因為眷屬可以藉主人的靈力而獲得治癒，恢復原有的力量。

「茨姫大人，真不好意思麻煩妳了。可是，阿水，阿水他……」

「阿水？阿水怎麼了？」

影兒勉強自己開口，不禁痛苦地揮舞雙翅。

我對從影兒傷口中流洩出的冰冷黑色氣息有印象。

那是狩人用來制伏妖怪的咒具造成的傷。

「茨姬，妳要冷靜聽我說，水連被狩人抓走了。」

「咦？」

凜音說出的明確事實，讓我們臉色全都繃緊。

「阿水？」

那個水連？

「怎、怎麼可能。他可是阿水喔。既聰明又厲害。要是認真起來，不管哪個大妖怪他都不會輸的。那麼強的阿水，原本就是等級很高的神妖。而且淺草有結界呀。我們應該重新修好結界了才對呀……」

我有些驚慌失措。

「是發生在結界以外的區域。狩人有計畫地襲擊深影時，我的這隻黃金之眼立刻就發現了。水連自己跑去救他，然後要我來找妳。」

「……水連的話，的確會這樣做。因為既然狩人盯上深影，就表示也已經調查過真紀的事了。」

馨非常冷靜。阿水的話，的確會這麼判斷。我也這麼想。

「你是在哪裡找到深影跟小麻糬的？」

由理出聲詢問後，凜音坦率地回答。

「我在過來這裡的路上，烏鴉跟企鵝從天空中掉下來。是水連掩護他們逃走的吧。」

影兒又用懊惱的沙啞聲音補充。

「他用強制變化藥讓我跟小麻糬隱形，逃離現場。變化時間設定得很短，所以藥效立刻就解除了。我們順利從狩人手中逃走，被凜音接住帶到這兒……居然是被奪走了我一隻眼睛，最討厭的凜音。嗚嗚，去死啦。」

「哼。現在不是講這種話的時候吧？」

就連影兒懷恨在心的發言，凜音也當作耳邊風，一臉事不關己的表情。

兄弟不要吵架。正當我想要講這句話時。

「！」

從某處傳來了異樣的靈力，現場所有人都全神戒備後，下一刻打掃用具櫃就打了開來，負責教理化的叶老師從裡頭現身。

雖然翹課的我們也沒有立場這樣講，可是老師你的課咧？

「喂，你們幾個。不用再回教室了，直接逃到淺草吧。狩人放出來的使魔，有好幾隻潛進學校了。」

「使魔？」

叶老師啪地擲出符咒。那張符是為了要驅除正打算從掃除用具櫃入侵這一側的奇妙妖怪。

「那、那是什麼？長著像惡魔一樣的黑色翅膀。」

妖怪？不，跟妖怪有點不一樣。

「是西洋的低級怪物『小惡魔』。只有一隻時很弱，但天性粗暴，可以用在奇襲。看來狩人果然是異國人類在統率的。」

「怪物……」

叶老師說出怪物這種話，給人一種很不搭調的感覺。

但他前世不愧是大陰陽師，似乎就連海外的怪物都瞭若指掌。

「我接下來要用四神施展淨化之術，將學園徹底清理一遍。你們那些沒用的強大靈力會礙事。快點回家。啊，夜鳥，你的任務是跟他們去，之後再向我報告情況。」

「啊，是。」

「等等，老師！」

但叶老師只拋下這幾句話，就又回到現世去了。

「還是一樣都不管別人的耶。」

「但以叶老師來講，這已經算是很焦急了喔。」

由理多少有些幫主人講話。

我們決定這邊交給老師處理，從河童樂園的狹間聯絡通道回到淺草。

第一件事就是去淺草地下街妖怪工會，必須通知他們這個情況。

「大概又有一百隻被抓走惹……」

「所以不是叫大家不要跑到地面上去嗎！」

「可是就輸給想去不忍池游泳的衝動惹～～」

半路上遇見手鞠河童，聽到他們的竊竊私語。

好像又有大批手鞠河童被抓走了。

我們還以為修復淺草的結界後，就可以暫時休息一會兒了，沒想到那似乎只是大事件的序章，有什麼東西已經展開行動了。

淺草地下街妖怪工會。

這個組織位於跟銀座線淺草站直接相連的淺草地下商店街，今天櫃台也沒有開門，打電話也沒人接。

最近不管何時過來，都遇不到灰島大和組長。

這樣的情況又加深了我們的擔憂。

「怎麼辦？組長他們是不是也發生了什麼事？阿水又不曉得被帶到哪裡去了，該怎麼辦才好……」

「真紀，妳冷靜點。這種時候慌了手腳也於事無補。」

「對呀，真紀。我們先來整理一下全部情況，擬定對策比較好。」

「也是……呢。」

這種時刻，有股後悔湧上心頭。

一直沒有將阿水納為眷屬這件事。

我的情況是以自己的鮮血為媒介，跟眷屬締結契約。正因如此，只要把對方納為眷屬，就可以循著血的羈絆，大略搜尋到所在位置。

但是，我一直都沒有把阿水納為眷屬。

雖然本人三不五時就會說想要成為我的眷屬，但我一直認為……阿水對我已經沒有這個必要了，也不能有這個必要。

我悶悶不樂地想著這些，從淺草地下街走上地面時——

「你們似乎很困擾呢。」

一個西裝打扮的男人，推了推眼鏡這麼說。

時機太準了，簡直就像早就埋伏在那兒。

「青桐。還有魯。」

這個人是陰陽局的退魔師之一。

他身旁散發異國情調的美女，是跟青桐組成搭檔的狼人魯卡魯。

「淺草地下街好像沒人在。青桐，你知道些什麼嗎？」

由理單刀直入地問。青桐「嗯」了一聲，點頭說：

「妖怪工會好幾個人失蹤了，包括組長的灰島大和。」

「咦？」

「我想要通知你們這件事，一直在等你們回淺草。不過看來你們也……遇上什麼事了吧？」

我們不約而同地點頭。

「阿水，千夜漢方藥局的水連被抓了。是狩人幹的。」

青桐鏡片後方的雙眼神色一變，低聲吩咐魯幾句話。

魯便走離幾步，拿起手機不曉得是在聯絡誰。

「這裡太引人注目了。雖然淺草的結界已經修復，但並不代表所有的惡意就不會覬覦這裡了。因此我想請各位直接來陰陽局的『東京總部』一趟。」

「！」

不是在這附近的「東京晴空塔分部」，而是「東京總部」？

雖然吃了一驚，但是我也早有預感，有重大的事件正在揭開序幕。

「淺草地下街多次埋伏在狩場，冒著危險跟蹤狩人，收集情報。這次他們跟陰陽局聯手合作，但這件事我們並不知情。然後兩天前，大和的式神送來關於敵方的重要情報，但那就是最後一次，後來就連絡不上他了。」

這個，意思是……

「生死不明，但恐怕是被敵方抓走了。當然我們是打算救出他們，並追查狩人背後的組織。我認為淺草地下街獲得的情報，能作為救出水連的線索。」

「可以告訴我們那個情報嗎？你願意幫忙嗎？」
「正好相反喔。我們的計畫需要你們協助。所以，請務必跟我去東京總部。」
說不定，對他們來說，這是個把我們擺在眼皮下監視的藉口。
可是，這種擔心現在只能先擺在一旁不管了。
連淺草地下街的成員們都被敵人抓走了的話，事情遠比想像中還要嚴重。
陰陽局看起來曉得一些內幕，如果可以合力把他們救出來，這是再好不過了。
我突然感到不可思議，我居然理所當然地有這樣的想法。
而且對象還是過去超級痛恨的陰陽局退魔師。
不，還不曉得陰陽局是不是要幫我們，但雙方應該可以做一場交易。
畢竟現下最重要的是，要救回阿水跟淺草地下街的大家。
「我懂了。那就帶我們去吧，陰陽局東京總部。」
「沒問題。那我來帶路。」
馨跟由理也互點了點頭。
一回過神，一台大概是陰陽局旗下的車，立刻就往這邊開來。
我們被載去的地方是，在陰陽局體系中規模也稱得上東日本第一的東京總部。
「沒想到東京總部居然在東京車站的正前方。」

從淺草上車大概三十分鐘後抵達了東京車站。宏偉的紅磚建築很常在電視上看到，但真是好久沒有親眼見到了。

「我們可不是來觀光的喔。我可沒有想著好想吃東京香蕉蛋糕這種事情。現在不是做這種事情的時候。」

「妳一個人在喃喃自語什麼啦。」

在馨的吐嘈聲中，車子持續在無數的高樓中前行，然後駛進某一棟大廈的地下停車場。

下車後，我們跟著青桐走。

「陰陽局東京總部所在的這棟大樓，位在東京車站和皇居中間，發揮了守護這兩處結界支柱的功能喔。」

還聽說了這種小知識。

從地下停車場搭電梯，到對外沒有標示的隱藏樓層出來。

陰陽局，東京總部。

古老結界及新建結界層層疊疊，如同蜘蛛網一般延展至各處。外觀上看起來就像是一般公司的櫃台，然而這裡卻是退魔師的大本營。

青桐在櫃檯處理一些事情。

那段時間，我們待在寬敞的大廳等待，但走廊上擦身而過的人在與青桐打招呼後，都會側眼瞄我們，接著無聲無息地離開。

每個人身上的靈力都十分驚人。有的人身穿西裝打扮如上班族，也有人穿著正統狩衣裝束，還有人一身輕鬆隨性，就像個普通的大學生。

聽說雖然是陰陽局，但裡頭也不是只有專門制伏妖怪的退魔師而已。也有從史實或民俗學解析靈異事件的調查部門，開發並管理退魔師的新術法及武器的部門，治療因妖怪而負傷的退魔師的醫療單位，以及設定來對付像狩人這種人類的特殊部隊。

基本上，專門追捕妖怪的退魔師，禁止無緣無故攻擊人類，但在這一類案件中，國家會發公文允許擴大範圍使用針對人類的術法及武器等。

「深影先生好像受傷了，要不要在我們這邊接受靈力治療？」

「不用。茨姬大人有分靈力給我，已經完全好了。」

影兒從剛剛就一直以小烏鴉的模樣讓我抱在懷裡。

在陰陽局的人前面，他變回原來的模樣用威嚴語調答話。

「你這傢伙，因為想要被真紀抱著，就不說其實已經恢復了對吧？」

馨立刻吐嘈，影兒頓時慌張起來。

「那個，現在才問真不好意思，但那一位是？」

「啊啊，一直在後頭擺著嚇人臉色跟來的銀髮男生是凜音喔。綽號是凜。茨木童子前眷屬中的三男。現在是喬裝成人類的樣子，但其實是一角的吸血鬼。熱愛著我的鮮血。最近有點處在反抗期。」

「不用連這些事都講出來！」

凜神情憤慨。

為什麼連我都得來這種地方。他一臉不悅地埋怨著，但阿水的事必須由他來說明不可，所以叫他一道過來。

可是果然對妖怪來說，這裡的感覺似乎不太舒服。

而且魯對凜音有些戒備。

對了。過去教唆化成惡妖的魯來攻擊我的，就是凜音。

兩人雖然沒有什麼特別好說的，但也算是彼此認識。

「我們這邊對於外部人類跟妖怪的檢查很嚴格，所以花了一番功夫，真是抱歉。」

「不會啦。」

沒辦法，這裡可是名滿天下的陰陽局。如果像我們這種的全部都要進去，有很多檢查要做也是沒辦法的事。

終於，進去裡頭的許可下來了，我們被帶到會議室。

青桐和幾位陰陽局的成員似乎要在那裡向我們說明已經獲得的狩人情報。

「各位還沒吃過午餐吧？這邊有準備一些茶和三明治，可以隨意拿去吃喔。」

「哇——是『舞泉』的炸豬排三明治！」

「開會的首選呀。」

我的確還沒有吃午餐，所以非常開心。一邊喝瓶裝茶，吃著裝在小盒子裡的「舞泉」炸豬排三明治，一邊靜靜地坐在椅子上。

就是這個味道。吸附偏甜醬汁的柔嫩炸豬排，夾在稍薄吐司的中間。非常單純，但吐司、炸豬排跟醬汁搭配絕佳，十分美味。一塊的分量很小，不會弄髒手，很方便吃。我也能理解會議這類場合會喜歡挑這個的理由～

「喂，我課上到一半就被叫過來，他們這幾個人怎麼也在這兒啦。還在吃東西。」

「啊。是津場木茜。」

這時，陰陽局的年輕王牌──津場木茜出現了。身上還穿著學校的制服。

「茜，你也坐下來。情況我晚點會詳細說明。」

「受不了耶。算了……我大概也曉得發生什麼事。」

津場木茜在空椅子坐下後，青桐就開始說明。

「在淺草頻頻出現的『狩人』，是以三到五人左右的團體行動，這段時間針對有市場需求的手鞠河童、歷史價值高昂的妖怪、擁有美貌的觀賞用妖怪等，列出名單，有計畫性地捕捉。深影會被盯上，水連會被抓走，都是因為他們打聽到這兩人曾是茨木童子眷屬的消息吧。畢竟深影和茨木的事，在上次百鬼夜行時都已經公諸於世了，而水連又是出名的藥師。」

螢幕上顯示出三個罩在斗蓬中的男性身影。

長袍打扮，還有妖怪討厭的咒杖。就是之前在隅田川遇到的那幾個傢伙。

「目前，好幾次差點抓到又讓他們逃掉的狩人就是這三個。已經知道其中一人的代號是『雷』，應該是這三人中的領袖。」

「雷……」

「這傢伙確實跑得相當快。」

我跟馨和由理都有印象。

「雷在這三人中算是鶴立雞群的存在，我們現在也感到很棘手。他們持有好幾個專門對付妖怪的咒具，全都是海外製造的。我們認為是鍊金術的產物。」

「鍊金術？」

「簡直就像漫畫一樣耶。」

「喂，從海外那些傢伙的角度，我們大概也是差不多吧。」

津場木茜連吐嘈都頭腦這麼清楚。

就連我和馨這樣理所當然就接受妖怪或陰陽師的人，對於異國的那類存在也是很陌生。畢竟從未接觸過。

「我們有一個咒具的樣本。請你們看一下。」

陰陽局的女性職員將那個樣本拿過來。

拆開原本捲好的布後，立刻就有股厭惡的感覺襲來。

金屬製的細長黑色長杖。上頭綿延不絕刻著用來傷害妖怪的咒文，蘊含著赤紅色的光芒，現在也淡淡地浮現著。

由理看起來一如平常，但影兒大概是想起傷口的痛楚，轉過身去，凜音皺起眉頭，狠狠地瞪著那東西。

「還有，狩人背後有一個龐大組織這件事，我們也曉得了。」

螢幕的畫面立即切換，顯示出一艘航行於海面上的大船。

「這是什麼？」

「海盜船。」

「咦？海盜船！」

在我和馨等人的腦海中，某部好萊塢海盜電影，跟某套海盜少年漫畫的印象浮現出來……對我們來說，那在故事中代表著帥氣的存在。

「從那張呆臉就知道你們聽到海盜這兩個字後，腦中想到什麼。我話說在前頭，跟那個形象差了十萬八千里啦。」

「咦？不一樣嗎？」

馨露出明顯受到打擊的表情，程度更勝於我。

「原本在外國，海盜到現在仍是壞蛋一群。他們就跟黑手黨一樣淨幹些違法勾當，是有如恐怖組織一般的武裝團體喔。」

津場木茜毫不留情地揭露這個世界的現實。

青桐也露出苦笑，將話題拉回正軌。

「組織名稱是波羅的・梅洛（Baltic Merrow）。是在波羅的海（Baltic Sea）惡名昭彰，專門盜獵人魚的組織。或許是人魚都被抓光了，最近盯上日本，將麾下的狩人放出來捕捉妖怪。」

「從以前開始妖怪就被當成觀賞用展示品了，但現在也有這麼大的需求嗎？甚至連海外的組織都出手了。」

「就是如此呢，天酒。非人生物存在於世界各地，愛好者跟收藏家也同樣不少。聽說日本的非人，也就是妖怪之流，愛好者的數量不亞於人魚。大和先生為了在他們被帶到海外之前救回他們，一直在追查那些被擄獲的妖怪們的行蹤。雖然是有一點亂來啦。」

我終於明白，組長不肯告訴我們詳情的理由了。對手既然是這麼惡質的傢伙，組長不可能會向我們求助。他就是這種人。

以盜獵非人生物為主展開活動的海盜波羅的・梅洛。

首領聽說叫作厄克德娜（註1），是一位女性。

螢幕上列出一長串組織隸屬成員的情報，似乎有幾個日本妖怪從中協助，但還不清楚他們的資訊。

「接下來是淺草地下街查出來的情報。這週末太陽下山時，會舉行盛大的非人生物拍賣

註1：Echidna，希臘神話中半人半蛇的怪物。上半身如美貌女子，下半身是蛇的軀體，有時有兩條蛇尾。

會。」

這句話又讓我們腦海中閃過好萊塢電影的畫面。

「意思是被抓走的淺草妖怪，都會在那場拍賣會中被拍賣嗎？」

「嗯，就是這樣。恐怕連水連先生都不例外。」

青桐回答了我的疑問，推了推眼鏡。

「總而言之，可以推測那些被抓走的妖怪，目前都還不會馬上就有生命危險。對那些傢伙來說，妖怪可是商品，品質管理是他們的工作。只是如果叫你們放心，這又太不識相了吧。」

「不會，光是告訴我們敵人是誰，他們的目的又是什麼，就已經感激不盡了。」

然後我針對敵人的思緒，更加深入思索。

「那個海盜是打算也要把我抓去那場拍賣會還什麼的嗎？甚至還在正中午就派異國的使魔到學校來。」

「茨木童子在日本妖怪界擁有無與倫比的知名度及影響力。想據為己有的人肯定不在少數吧。儘管妳現在已經是人類了也一樣。」

那可是綁架喔。我原本想要這樣吐嘈，但對手可是海盜。

綁架這種勾當可是他們的正職呢。

「話說回來，聽說那些傢伙用的狩人，多半都是小時候就被抓去，靈力很高的孩子。」

「抓人來培養成狩人的意思嗎？」

「就是這樣。」

馨聽了這個糟糕的現實不禁嘆氣，津場木茜繼續往下說。

「畢竟，靈力高的人類，只要周遭沒有能幫助他的人在，就很容易陷入孤獨。不曉得驅使力量的方式，也沒有人告訴他們自己看見的那些東西是什麼，連保護自己的方法都不曉得。而身邊的人，絲毫不瞭解他的處境。」

「津場木茜，你以前也是這樣嗎？」

「我？我出自那樣的家庭，從出生起周遭就有萬全的協助，跟突然帶著那種力量誕生的人類相比，我幸運多了。就算學校同學沒辦法了解我，家人也會懂我。」

前陣子我們有去拜訪過津場木家，他們家裡的氣氛確實很融洽，看得出來津場木茜將家庭當成寄託之處。因為津場木家，每一位成員都擁有足以成為退魔師的力量。

不過正如他所說，突然帶著那種力量出生的孩子，艱辛程度遠遠超乎想像。

這個世界有一些惡劣的大人會利用他們的孤獨和特殊能力。雖然我不是很想思考這些事，但如果說眼前的這個情況，正是反映了現今時代的黑暗面，那我或許必須知道才行。

話題再次回到買賣非人生物的組織，還有拍賣會上頭。

「拍賣會舉行的地點，組織內部的詳細情況，被抓走的妖怪數目跟狀態，目前都還不清楚。我們的想法是，希望在拍賣會開始之前，或者是在舉辦到一半時潛進去，將敵方陣營一網打盡。」

「那就好辦了。」

這時我迅速舉起手，大大方方地提議。

「既然我是對方的目標，那乾脆讓我被抓走就好了呀。」

「！」

在場所有人都露出嚇了一大跳的表情。

「真紀，難道妳是打算當誘餌嗎？」

「沒錯，由理。那樣就能從內部調查很多事情，而且馨還可以用神通之眼搜尋我的所在位置吧？」

「白痴！怎麼可能讓妳做這麼危險的事。妳這個人，有時候是不是忘記自己現在只是平凡的高中女生呀？」

「馨，你才是過度保護啦。現在阿水跟組長可是都被海盜抓走了喔，必須要找出確實有效的方法。」

「不行。這種方法我絕對不答應！」

「什麼呀，馨，你是認為我會輸給海盜嗎？」

「我不是在講那個！」

果然不出所料，還是該說我想也是呢。馨太擔心了，不會同意讓我一個人闖進海盜的陣地。

「啊——不好意思打擾你們夫妻吵架，我也可以講點話嗎？」

沒有人敢出聲制止我們的爭辯時，一副習以為常插嘴打斷的人是由理。

「青桐，老實說，你覺得真紀去當誘餌這個方法怎麼樣？」

「這個呀，如果要老實說的話，其實我覺得還不差。」

「嗯。我也是這麼想，從實際面來看，是很可靠的方法。」

馨「喂」了一聲，伸手拉住由理的肩膀。

「等一下，該不會連由理都贊成真紀的提議吧。」

「馨，你臉色不要那麼難看啦。你忘記我是哪一種妖怪了嗎？」

「……啊。」

這時，馨跟我都意會過來。

由理臉上浮現無敵的微笑，然後就無聲地，變成了我。

「我可以『完美地』化身為真紀。就讓我變成真紀，去當誘餌吧。」

每個人都大吃一驚，青桐情不自禁佩服地拍起手來。

「夜鳥，不，鵺大人，你的變化之術，真的會完成變成那個人耶。」

「嗯。再說我跟真紀也認識很久了。」

喔喔喔～就連我都忍不住驚嘆。不管從哪個角度來看都是我。不，好像比我多了一種，莫名清麗的女人味？

「那傢伙變身成的茨姫很完美……我在京都就是這樣被他騙的。」

「哎呀，凜音。你有遇上這種事喔？」

凜音原本一直沉默地站在後方，背靠牆壁，雙手交叉在胸前，難得開金口加入話題。因為他太安靜了，我剛剛還回頭看好幾次，確定他真的有在現場。

「由理，沒關係嗎？這任務很危險喔。」

「馨，你太愛操心了。我會用的術法也很多，講到保護自身安危，這裡應該沒人比我更可靠了喔。」

不過，由理再次轉向青桐。

「只是我現在算是叶老師的式神。會需要叶老師的同意。」

「啊啊，這件事就包在我身上。別看我這樣，他可是有欠我人情的。」

「咦？」

我跟馨，甚至連由理，都大為詫異。

那個叶老師？怎麼可能……青桐到底是何方神聖？

「哼，不要小看青桐喔。陰陽局裡可是沒人沒欠他人情。」

「啊哈哈。你這種講法聽起來好像不太對耶，茜。這樣不是好像我是個壞蛋一樣嗎——」

我們用力地吞了一口口水。青桐臉上雖然笑著，但他的笑臉現在看來整個深不可測。

「我們回到正題，必要的情報是以下這些。」

鎖定拍賣會會場的確切位置。

得知妖怪們是以什麼樣的方式被關著。
對方擁有的狩人人數，還有能力。
青桐簡明易懂地如此向我們說明。
「這是我的猜測，拍賣會會場應該是在非常難找到的地點。就算我們捕捉到蛛絲馬跡，也總是在半路就斷了線索，所以我們才一直沒辦法鎖定確切位置。」
「也就是說那有可能是『狹間』囉。」
馨這麼說後，青桐點點頭。
「嗯，或至少也是用那類結界術隱藏起來的地方。如果是用狹間的話，代表對方有相當厲害的大妖怪在幫忙。」
凜音在這時插話。
「敵人那邊恐怕有『水屑』在幫忙。」
聽到那個名字，我們的表情頓時僵硬，靈力繃緊。
絕對不會忘懷的，仇敵之名。
陰陽局的成員也都立刻臉色大變。畢竟水屑可是以各種不同的樣貌，出現在好幾個時代，持續擾亂日本安寧的大妖怪。
「那個水連都三兩下就被抓走，就是最好的證據。應該是有什麼東西讓水連動搖，封印住他的力量吧。」

「那是……」

不會是神便鬼毒酒吧？

千年前，成了殲滅大江山狹間之國開端的酒。

那種酒，擁有可以暫時封印妖怪力量的效果。要是水屑還活著的話，那東西還存在於世也不奇怪。

「水屑指的就是九尾狐玉藻前吧。那個女的應該被天酒用結界術封印了才對呀。我親眼看到的。」

津場木茜一臉無法理解的神情詢問。凜音開口回答：

「那隻女狐狸是不死之身。更精確地說，是還剩下兩條命。我長年追蹤狩人的消息，有好幾次都在這類事情中窺見水屑的存在。京都那次也是憑著在打探狩人消息時獲得的情報，追查那個女人的動向。」

確實，凜音在京都遇見我們的時候，看起來就已經曉得水屑的存在了。而且他教唆魯來襲擊我時，應該也是靠著狩人相關的情報跟魯接上線的，這麼一想事情就都連起來了……

我，馨大概也是，都沒有認為水屑會因為京都那一次事件就徹底完蛋。

自千年前起的戰役換了一個形貌，現在依舊持續著。

如果這次的事情跟狹間結界還有水屑有關的話，光憑我們幾個的力量，或是單靠人類的力量去面對，負擔都相當沉重。

「玉藻前的事也讓我很在意，不過……總之，現在能告訴你們的情報就是這些了。接下來就要看，你們能幫忙到什麼程度。」

「我想參加。」

由理輕輕舉起手，平靜地回答。

「我也是，為了救出阿水跟組長他們，我什麼都願意做。」

我一開始就是這麼想的。

「……我明白了。這樣的話，我也加入。我原本就不認為憑陰陽局的這些貨色，可以把他們全都救出來。你們提供了這麼多情報，我們要是什麼都不做，就說不過去了吧。」

拉拉雜雜地說了一堆，馨也願意出力。

聽到我們的回答，青桐和其他的陰陽局成員都站起身來，向我們鞠躬致意。

「謝謝你們願意幫忙。」

就連那個津場木茜，都略顯不情願地低頭了。

面對他們誇張的道謝，我們都愣住了。

「那個，不用那麼多禮沒關係啦。大家互相幫忙而已。」

「不。淺草地下街的大和先生有說過，希望盡量不要把你們捲進來。他非常堅持比起利用你們的力量，他更希望你們能在淺草過著平穩安全的生活。」

青桐一直很清楚組長的體貼，還有那份心意。

可是，就是因為這樣，組長才會自己闖進危險之地。

因而，青桐的表情轉為嚴肅。

「我們原本也是這麼打算，但情況並不單純，現在分秒必爭。還請各位出借你們強大的力量。」

我、馨和由理互看彼此的神色，確認了各自的想法後，擺出認真的神情。

「反倒是我們要請陰陽局的各位多幫忙。麻煩你們了。」

接著，三人一起鞠躬。

就這樣，我們跟陰陽局因為這次的事件，結盟成互助關係。

隔天，完全變身為茨木真紀，從我家出發上學的由理，在放學路上斷了音訊。

他被狩人擄走了，但那正是依我們的計畫發展。

〈裡章〉阿水與千年前的仇人重逢

這裡是昏暗的倉庫裡頭。是被剝奪自由與意志的妖怪們的監獄。
「哦，阿水，你在賣藥喔？跟影兒住在一起？好好喔，好羨慕～」
「木羅羅，妳也來我這邊呀。淺草是很適合妖怪生活的地方喔。」
「這株藤樹也要一起喔？可以嗎？」
「嗯——這個馨應該會想辦法吧。用他擅長的狹間結界。」
「馨？」
「酒吞童子大人轉世的男生。現在也緊迫盯人地跟茨姬黏在一塊兒咧～」
「那太棒了！真的太棒了！兩個人一定要在一起呀。」
「嗯嗯，是呀～」
我跟愛說話的木羅羅待在一起。
就算被關了起來，但跟明朗又華麗的她在一起，就不會感到寂寞，也不會無聊。
就在這時，傳來了深鎖的大門被開啟的聲音。
「……」
但我沒有離開木羅羅的身邊，只是側眼冷冷瞪著踩著高跟鞋，喀喀作響地朝這邊走來的那個傢伙。
不可能忘記。
這副魅惑逼人的神態，還有蘊含劇毒、甜美又芳香的靈力。

「好久不見了呀，水漣。」

原本的長髮剪齊到肩膀以上，不知為何一身祕書般的套裝打扮，但妖豔美貌與當時絲毫無異的白狐。

啊啊。我太熟悉了。昔日的仇敵。那個叛徒。

「果然妳有參一腳，水屑。」

我擠出笑容，盡量掩飾住憎惡的心情。可是……

「哦呵呵。你的眼睛完全沒有在笑喔。」

女狐狸一眼就看穿了。雖然很不想承認，但她畢竟跟我是同一類的妖怪呀。

我身後的木羅羅輕輕地顫抖著。

過去，她本體的藤樹曾因這個女人的火焰而燒毀。那股熾熱、那份痛楚、深切的憎惡，肯定到現在都無法忘懷吧。

「那孩子果然沒死呢。木之精靈怎麼這麼纏人，討厭死了。」

「水屑，妳真好意思說耶。」

木羅羅眼神凌厲地瞪著她，身後的藤木沙沙地搖動起來。

「冷靜點，木羅羅。就算現在在這裡起爭執，情況也對我們不利。」

此刻我們的靈力被封印住了，使不出什麼像樣的術法。我安撫住快要失控的木羅羅，在一觸即發的情況中思考。

我現在，在這裡該做什麼，對那一位才是最好的呢？

怎麼做才能真正守護真紀呢？

「欸，水連……不要淨想那個小姑娘的事，看一下我嘛。」

水屑伸手托住我的下巴，為了讓我的視線對上她野獸的雙瞳，使勁拉了過去。銳利的爪子正抵著我的喉嚨。

盯著她的眼睛看，簡直像要被她巨大的口腔吞下一般。

為了避免讓內心出現空隙，我回想起昨天跟真紀說的那些話。

「我可是只對你另眼相看喔，水連。你跟我是同類。沒有混到卑劣人類的血，是純粹的暗夜化身。」

水屑鮮紅的嘴唇彎起一道弧線。

這隻女狐狸想說什麼，我立刻就懂了。

「沒錯，我跟妳或許有很多共通點。長年以來擾亂人世，欺騙人類，讓他們受苦。甚至連被趕出大陸，逃到日本來這點都是。」

這些是其他眷屬沒有的特徵，只有我跟水屑共通的過去。

邪惡心念自然一直都有，彷彿那正是妖怪的真髓一般，不停地折磨人類、殺害人類。

「不過，依然盡情使壞的妳，跟現在竭力為人類及妖怪製藥的我，已經是天壤之別啦。我贏不過妳的，水屑。」

茨姬的存在拯救了我，讓我洗心革面。

但水屑卻說：

「那只是虛假的形貌。是受茨姬支配，製造出來的幻覺。你可以變得更自由。你應該要找回自己原本的模樣。」

接著，她從懷中取出一個小瓶子。

那是能夠封印妖怪力量的「神便鬼毒酒」。

「只要有這東西，你不管怎樣都會走上與千年前相同的道路。所以，我是來談交易的喔，水連。」

「交易？」

水屑闔上雙眼，然後又睜開一條縫。

「你呀，就把對茨木童子的忠誠都忘了，來我身邊吧。」

「……啊？」

「我的意思是，我要把你納為眷屬喔。」

我瞇細雙眼，揣測著這隻女狐狸的意圖。

為什麼找我？為了某種目的，需要我的力量嗎？

「妳剛剛說是交易。要是我過去妳那邊，妳要給我什麼？」

「熱血沸騰的邪惡之宴。」

「哈哈，不需要耶，那種無聊的東西。因為我已經知道遠比那更重要，更舒服的好地方了。」

「哎呀，真是令人憎恨。你太丟妖怪的顏面了。」

「趕不上時代潮流的是妳，水屑。妖怪的面貌跟以往大有不同了。已經與人類一同生活，開始重視和諧了。在那一位奠定的基礎之下，人類與妖怪耗費漫長年月建立起來的安穩，如果妳打算要進行破壞的話，我絕不容許。」

「那一位，呀～」

水屑抬起臉，長長嘆了一口氣，再次以飽含惡意的眼神，低頭看向我。

「那就乾脆殺了你最愛的『那一位』吧。」

「……」

她很清楚說什麼會讓我動搖。不能屈服於令人窒息的強烈靈氣。

「妳辦不到。妳贏不了的。」

「是這樣嗎？果真如此嗎？你真的這麼想？」

試探般的視線、謀略，在彼此間交會。

「就算你這麼說，那個小姑娘肯定會自取滅亡。因為她自己積累的，大魔緣茨木童子造的那些業。」

「什麼？」

「哦呵呵，你也很清楚吧？那個小姑娘的存在，會大幅改變妖怪界局勢的動向。有些人會展開行動。

要說為什麼的話，憎恨大魔緣茨木童子的大妖怪，可是多得數不清呢。」

「……」

「算了沒差。暗夜與邪惡，憎惡與欲望蠢蠢欲動的宴會，馬上就要開幕了。我話先說在前頭，這可是從千年前就開始的，不會終結的宴會喔。」

水屑就跟千年前一樣，這次也借助人類的力量來為難妖怪。

她到底想做什麼？

「那麼，交易內容就這樣好了。如果你過來我身邊，我就保證今後不會再對茨木真紀出手。那毒酒也給你。不覺得你過來我身邊，反而更能夠保護那個小姑娘嗎？」

水屑不懷好意地瞇起眼睛。

這個女人將她那股能在古代留名的大妖怪特有的深凝濁重的靈力，纏繞到我身上。

女狐狸在試探我。

「……這個交易，可以讓我想一下嗎？」

「哎呀，你至少願意考慮一下呀。哦呵呵，真開心。」

水屑宛如純真少女般嗤嗤輕笑。

外貌都化身得這麼年輕了，還要裝少女。當然這個想法我沒有表現在臉上。

「不過沒多少時間了喔，水連。等拍賣開始，如果你親愛的『那一位』被牽連進來，悲劇就會再度重演。」

水屑用衣袖掩住口，風情萬種地舔了舔舌，眼珠直盯著我，轉過身離去。

兩隻尾巴搖擺著，無數的管狐火跟隨其後。

我悶悶不樂地抱著小麻糬，坐在熊虎姊弟家的按摩椅上頭。

在肩膀、後背跟腰際不停被推揉的時候，我腦中仍想著被抓走的阿水和組長，還有由理。

雖然光是被捉走這點就不能說是平安無事，但我擔心起他們要是沒東西吃，遭受虐待的話該怎麼辦，這幾天心情一直很沉重。

「夫人，您一直表情很凝重，雙眼失神地看著前方，簡直就跟頭目一樣嘛。」

「坐在按摩椅上是重點呢。」

阿虎和阿熊邊說著話，邊吃著我烹調的，加了大量高麗菜、豆芽菜跟豬肉去炒的大盤烏龍麵。

「夫人，不用那麼擔心也沒問題啦。阿水可不是會輸給那種惡質傢伙的妖怪，鵺大人就更不用說了，像那樣的化身天才，我可不知道第二個。」

「對呀，夫人。要救出大家，也需要計畫跟合作。以夫人的個性，想必想要立刻衝出門去救他們吧。但現在是要耐心等待的時候。」

「我懂啦。所以我才乖乖待在這裡不是嗎？因為被抓走的我如果出現在自己家裡很奇怪呀。

啊，不過我也不是什麼都沒想喔。別看我這樣，我正在腦中進行模擬。該怎麼樣踹爛那些抓走我重要的人的敵人。我絕不會放過他們的。」

「不愧是夫人。」

「這句話，我收下了。」

阿虎跟阿熊名列於直屬酒吞童子的四大幹部，也是往昔狹間之國的將軍。

也是非常了解我，千年前大江山的夥伴。

現在則是雙人組的漫畫家，正以我跟馨為藍本，在畫妖怪的故事。

我待在這兒的期間，把他們的漫畫全部都看完了。很有意思，又很暢快，有時又很感人。而且酒吞童子是個帥哥。

我來到這邊跟他們一起住，小心地不打擾他們工作，順便幫忙煮飯，洗堆在水槽的茶杯，或掃掃地。

阿虎跟阿熊的家有用狹間結界擴張過，空間很寬敞，遠比房間的實際面積還大，打掃起來很花功夫。還有一間放阿虎喜歡的樂器的房間，一間擺阿熊熱愛的玩偶的房間。

馨也這樣把房間擴大就好了。

不對，還是只是我不曉得而已。其實他已經有這麼做了？

以後要是在淺草買電梯大廈的房子，至少要叫他用狹間增加幾個房間才行～

「夫人這段時間都不能去學校，這樣也滿辛苦的。」

阿虎將我大腿上的小麻糬抱起來飛高高。阿虎從以前就對小朋友很有一套。

我仍舊坐在按摩椅上，一副大爺的姿勢。

「沒上到課的進度會叫馨教我。還好就快要春假了。」

阿熊也興致高昂地走過來，戳戳小麻糬的臉頰。

「夫人，營救作戰我們也會參加喔。」

「不行啦。阿熊你們還有漫畫的工作吧？你們平常不是老說截稿很趕嗎？」

「我們打算在那之前拚完喔，夫人。往日的夥伴都被抓走了，我們居然沒辦法衝去救他們，那畫漫畫還有什麼意義。而且什麼地下拍賣會什麼海盜的，也可以當成漫畫的題材呀。對吧？姊姊。」

「對呀。拯救夥伴，把敵人像小蟲一樣捏扁，還可以順便取材。友情、努力及勝利。」

「原來如此，太可靠了。」

這兩個人想像的海盜應該不太一樣就是了……

不過碰上危難時能藉助這兩人的力量，真的讓人覺得很安心。畢竟他們過去可是酒吞童子的左右手，真的很強悍。

「真紀在嗎？」

「啊，馨，你回來了！」

「陰陽局的車子到外面了，妳也跟著來。」

「有什麼動靜了嗎？」

「啊啊，獲得重要情報了。還有，由理那邊也有新消息。」

回來後的馨神色很認真。他待在學校時，好像也一直在處理由理傳過來的資訊，再將消息傳給青桐。

馨眉頭又皺得更緊了，總之我在車裡時就先用手指按著他的眉心，繞圈揉著。

在陰陽局東京總部的會議室中，凜音也在。當然青桐跟津場木茜等陰陽局的各位也是。

對於由理被綁走的經過，青桐這般說明。

「夜鳥昨天在上野車站附近被抓走後，似乎被帶到東京灣上了船。已經確認他現在在太平洋的東京都特別區小笠原諸島的近海上。」

「啊？海上？」

在螢幕上的地圖裡，表示由理位置的紅點，確實位在遠離本土的海上。

「希望由理沒有暈船。」

「他現在已經不在船上了。由理果然進入『狹間』了。那個狹間的形狀是一個『島』。」

馨語氣平淡地說明。

「居然做了島狀的狹間，可以想見敵人也相當不得了呀。」

「應該是模擬不知道哪裡的小島做的吧，並不是做不到的事情。不過確實是相當有實力的傢伙的傑作。代表敵方也有可以建構狹間，而且還是高難度狹間的妖怪在。」

螢幕畫面切換後，顯示出概略的島嶼地圖，還有表面建築物的位置分布資訊。似乎是陰陽局的成員根據馨傳來的資料，進行圖像解析後的成果。由馨自己來說明這些圖。

「我以由理為中心點，用我的神通之眼稍微搜索了一下，試著辨別出狹間的規模和建築物的位置。島中央有一棟巨大的建築物，在西部沿岸並排著數不清的倉庫。只有這樣，真的就是一座小島。」

「你的眼睛是Google Earth嗎？」

津場木茜一臉傻眼的表情。畢竟馨的能力實在太萬能了。

「是因為由理在那邊才有辦法。而且敵人的大本營又在狹間結界，跟我的神通之眼容易共鳴，效果才這麼好。」

青桐將螢幕上顯示的那張圖片放大，繼續往下說：

「據說這座島一般稱作『寶島』。除了日本的妖怪以外，還有世界各國的非人生物、幻獸、魔物等，依照種類被抓到戒備森嚴的倉庫裡頭。天酒剛剛說的位在西部沿岸的那排倉庫，恐怕就是了。他們似乎在裡面焚燒咒香，奪走妖怪的氣力，使他們有如軟趴趴的人偶。」

「那是由理查到的消息嗎？」

「嗯。不愧是言靈的操縱者。他從敵人身上高明地探問出一些情報。假扮茨木的夜鳥說自己被當成是人類，雙手被銬起來，關在個人房。看守的狩人會定時送東西來給他吃。」

原來如此。聽起來由理在那邊很順利呢。

只要他開口詢問，對方就沒辦法不回答。他利用這種言靈的力量，套問出情報吧。

他也會能將到手的情報傳送給馨的術法。不過先決條件是馨從一開始就掌握由理的所在位置，兩人一直保持連結。

螢幕畫面再度切換。

這次不知道為什麼顯示出某個港口的圖片。

「這是橫濱港嗎？」

對於馨的問題，青桐點頭「嗯」地應了一聲。

「接下來是我們依據夜鳥提供的資訊，獨自調查出的情報。據說要參加拍賣會，必須要搭上從好幾個港口出發的郵輪。日本的話，就是從橫濱港出發。應該是要搭那艘船到這座島吧。我們的想法是從那裡潛進去。」

「要怎麼樣才能搭上那艘郵輪呀？就算我們跑去那裡，要是沒有邀請卡什麼的，大概也會被趕下來吧。如果真實身分曝光，最慘搞不好會被殺。」

「天酒的問題非常關鍵。首先，讓我來介紹一下陰陽局橫濱中華街分部的退魔師。」

青桐接著將眼神移向坐在他旁邊的男性。

其實，我從剛剛就一直有點在意。

坐在青桐的隔壁，臉上保持著親切的笑容，將黑髮綁成一束的男性。他繫著黃色領帶，黑色西裝上還有吊帶。散發出一股異樣的存在感。

那位男性雙手合掌。

「初次見面，幸會幸會。就如剛剛小青介紹的一樣，我是隸屬於橫濱中華街分部的道士，叫作黃炎。超喜歡酒吞童子跟茨木童子。我是因為在中國也很紅的手機遊戲而知道你們的喔～是最強的角色喔。」

「啊，喔。你好。」

他操著流暢卻略帶口音的日文，禮數周到地打招呼。

「那個，為什麼中國的道士會在陰陽局？」

道士，就是中國的咒術師嗎？

「嗯——我的祖先招惹到香港黑道，發生不少事，就舉家逃到日本來，所以我其實也是在日本出生長大的。在道士界，大家把那個事件叫作殭屍大暴走事件囉～」

「殭屍大暴走事件？」

聽到衝擊性的詞彙，我們都渾身一震。話說回來，為什麼在日本出生長大，講話還會帶著微妙的口音呢？

黃炎像在表示不用在意那些小事似地，逕自往下講。

「因為這樣，我們家跟那一塊也有一些關係囉。我根據這次獲得的情報，調查了一下有可能參加這場拍賣會的中華派系黑道，發現我們出租殭屍的客人中也有人會參加。很幸運的是它是招待入場券制，所以我跟那位客人進行交易，拿到入場券，看來潛進去是沒問題囉。」

「你在出租殭屍？中華派系黑道？」

「招待入場券制？」

我聽得一頭霧水。淨是些黑社會傾向的用語。

黃炎臉上仍舊是親和笑容，將食指抵在唇上，微微張開雙眼。

「這一類地下拍賣會的邀請卡，有時候會附上招待入場券。暗黑世界的傢伙會將那個招待入場券廣發出去，利用關係，展開情報戰，談交換條件，作為拍賣會的前哨戰喔～」

在我們消化完剛剛那些接二連三的新情報之前，就又聽到飄散著危險氣息的情報。

簡直就像是電影裡的情節。這下事情非常嚴重耶。

「喂喂，陰陽局跟中華黑道合作沒問題嗎？你們算是政府底下的御用組織吧？」

「雖然是御用組織，但並非直接隸屬於政府，這點就是陰陽局的優勢喔。為了瞭解不見光的世界，也經常會跟他們聯手。畢竟對手可是從遙遠海域跑來的海盜。」

對於馨的疑問，青桐坦白回答。黃炎也好，青桐也好，陰陽局這些所謂正義的夥伴，看起來都極為邪惡。

是我眼睛累了嗎？伸手揉了揉眼。

「我可以講幾句話嗎？」

背倚著後方牆壁站著的凜音，安靜地舉起手。

「如果是這樣的話，我要從別的管道參加拍賣會。這樣可以分散風險，降低難度吧。」

「確實，比起大家都擠在一起，能分頭潛入的話，沒有比這更好的了。不好意思，凜音先生，你打算透過怎麼樣的管道進去？」

「我有認識的吸血鬼會參加這次的拍賣會。十九世紀時在倫敦認識的，到現在也會跟我交流狩人的情報。」

「哦，吸血鬼的……」

青桐是領悟到什麼了嗎？他只簡單回了一句「我知道了」，沒有深入探究。

「咦？凜，你曾經待過倫敦喔？我第一次聽說。」

我慢了一拍才追問這一點。

「難怪我一直覺得你的打扮和姿態不曉得為什麼有種西化的感覺。原來是這樣呀。」

馨也恍然大悟。

十九世紀，那就是茨姬死後了吧。

我不在的那段空白時光中，眷屬們的時間各自流轉，遇上了我所不曉得的事，和新的人。

水連雖然留在淺草，但凜音想要了解異國，遠赴重洋了呀。

他們即便是茨姬的前眷屬，還是有很多我不知道的地方。

「那麼，詳細流程就之後再談。託凜音先生的福，作戰的切入點似乎擴大了。」

以這樣的形式，關於潛入那場拍賣會的步驟，我們聽青桐說明他提議的計畫。

〈搶回妖怪大作戰～揍扁所有壞蛋～〉

‧在橫濱潛入開往拍賣會會場的船（我、馨、青桐、魯、津場木茜、黃炎）。

‧登島後，參加拍賣會。見機擾亂會場。

★馨要將寶島的所有權搶過來（最優先）。

‧各自臨機應變地打倒敵人。↑這裡是我能效力之處。

我充滿幹勁的筆記，大致內容是這樣。

計畫會隨情況不斷改變，但最要緊的是，擾亂拍賣會會場，讓馨趁機將「寶島」的所有權搶過來。

用狹間結界做出來的空間，只允許所有者認可的人士進入。這次的情況，就是只限搭上專用郵輪的人。

如果馨可以獲得狹間的所有權，就可以讓在外頭待命的陰陽局特殊部隊進來，大規模救出那些被抓走的妖怪。

簡而言之，就是我們要變裝潛入敵營，負責打開邪惡堡壘的城門。

關鍵是馨有沒有辦法搶到狹間的所有權，所以其他人要負責阻止那些想要阻礙計畫的傢伙，致力於守護馨。

如果敵方中有水屑，到時跟那個女人對決的，就肯定非我莫屬了。

這時我是這麼想的。

命運的星期五。那一天，馨向學校請假。

我在馨的房間吃早餐，聽他講解我沒去學校這段時間的課業內容。

不過，我們都不太能集中精神。

「我、你，還有由理都不在，班上應該會傳出奇怪的流言吧。新聞社搞不好會寫一些假報導。」

「關於這一點，叶老師的式神好像會化身成我們去上課。」

「這樣呀。修學旅行那次也是這樣吧。那位老師在日常生活的層面上，總是會從旁協助耶。」

可是大事情他就不會插手管。

這次那位老師也只有出借式神的由理一人而已，並沒特別打算要出手幫忙的樣子。在旁邊看好戲的傢伙。

小麻糬則會從今天起先寄放在隔壁的風太家。

他完全不曉得情況，正悠哉地啃著丸芳露小糕點。

「茨姬大人！」
有一隻烏鴉翩翩停在陽台上。
是八咫烏影兒。
「影兒，怎麼啦？」
「我今天早上打掃阿水的藥房時，發現了這個！」
影兒的腳上掛著一個小小的布包。我們總之先回到房間，打開來看看。
裡頭包著一個小木盒，裡面工整地擺著紅色跟黑色的小瓶子。還有一張折起來的紙條。
「這是，藥？」
「嗯，那些蔬菜妖精跑來跟我說的……好像是阿水吩咐他們，如果自己有什麼萬一，就把這個拿給你們。」
會預先設想自己有什麼萬一時的事，這很有阿水的風格。
不過，這究竟是什麼藥呢？我打開那張紙條，在閱讀的過程中不自覺眼睛越睜越大。

敬啟。真紀，順便還有馨。
你們發現這個東西，就表示我應該發生什麼事了。
這時，你們大概會想來救我，正在想辦法吧。
就算我叫你們不要這樣做，也不會聽吧。

所以，雖然不曉得能不能派上用場，我要送你們一組危險的強制變化藥喔～

黑色小瓶子。是可以變化成酒吞童子的藥。材料是酒吞童子的指甲。

紅色小瓶子。是可以變化成茨木童子的藥。材料是茨木童子的頭髮。

【注意事項】

效果是整整兩個小時。對你們以外的人無效。

使用的時候，或許會遇上反倒想解除變化的情況，所以最好也帶上甘露艾草煎成的藥。這個影兒應該會做～

「咦……」

給我等一下。這個，是什麼？

在旁邊一起讀紙條的馨，也對內容大為詫異。

「太厲害了，那傢伙。這種東西他什麼時候準備的呀？是說，為什麼會有千年前我們的頭髮之類的啦。我原本就覺得他是個變態了，根本是個徹徹底底的變態。」

然後，馨又加上一句：「不過，實在是個天才。」

「他長年以來都拿妖怪的一部分當作材料來製藥，從阿水的角度來看沒什麼大不了吧。而且，他肯定是覺得某天可以派上用場，所以才一直保管著。這真是太厲害了。」

只要有這個，在那兩個小時之內，我們就可以變回酒吞童子和茨木童子的模樣。

就算只是外表，依使用方式可以產生非常大的效果。

因為那肯定會引發群眾的驚詫、興奮、恐懼及混亂。

「收下吧。這可是很珍貴的。」

至少，是阿水認為這會派上用場，而為我們精心準備的。

拿來做為藥品素材的這些東西，或許是在死別後他用來紀念我們的憑藉。這樣想，似乎體會到一絲阿水長年來的掙扎和痛苦，胸口不禁揪緊。他是用什麼樣的心情做出這些藥的呢……

花上漫長的時間思考，預想著遙遠的未來。

為了某一天的關鍵時刻，做好準備。

為了不要重蹈過去覆轍的準備。

這些藥肯定是那其中之一。在這次的救援計畫中，應該有機會大大發揮這個「祕密武器」，我將那個小盒子深深抵在胸前。

橫濱中華街。那兒是全日本最大的中華街。

我們在行人稀少的玄武門前下車，走進中華街後，混進漸漸多起來的觀光客人潮中前進。

紅色燈籠跟色彩繽紛的招牌，密密麻麻的店家有種華麗的「中華味」，讓人內心略為興奮起來。而且還有好香的食物香氣飄過來喔～

不過我們在趕時間，什麼也不能吃，只能瞄一眼就得往前走。

「魚翅包子、芝麻糰子、生煎包、蛋塔，還有芒果冰。啊啊啊，好好吃的樣子。在這種時候對大家有點不好意思，但我實在沒辦法抵抗自己的食欲啊。」

「等事情結束後再來吃就好了吧。到時候妳想吃什麼，我全部請客。」

「真的？馨，你好大方！」

「……春假再多打點工好了。就這麼辦。」

馨打工的薪水又要消失在我的胃之中……

到了。陰陽局橫濱中華街分部，在我們至今去過的陰陽局裡，顯得相當不同。

至今去過的陰陽局全都是辦公大樓，只要是退魔師，都曉得其存在，但橫濱中華街分部的存在並沒有公開，位在一個非常難找到的地點。

走進一條根本可以說是建築物之間縫隙的狹窄小徑，周遭氣氛頓時變得很詭異。

走到底有一間古老的算命館，似乎要進去這裡。

「難道這裡就是橫濱中華街分部？」

「算是入口啦。這是我媽媽經營的算命館，今天休息。」

據他的說法，是行家間很知名的風水算命館。

黃炎進到館內，不停地往裡面走。我們也排成一列跟著他前行。

爬上陳舊的水泥樓梯後，從開放式的屋頂躍至相鄰建築物的屋簷。

這一側的建築物表面上似乎沒有入口，似乎是必須經過那間算命館才能過來的結構。

從屋頂上方，我看見在有段距離的地方，有一間廟宇輝煌的屋頂。

他說那是橫濱關帝廟。祭拜三國志的英雄豪傑——關羽，橫濱中華街分部的退魔師們每次出任務前也會去參拜，是他們內心的信仰憑藉。

「橫濱中華街分部主要聚集了亞洲各地的異國退魔師，是間情報收集站唷。也有很多在國外幹了不少勾當的傢伙，所以表面上跟陰陽局的名號並無牽連。不過，那些傢伙特別會帶來一些有利的情報，所以陰陽局寬大地讓我們保持原樣～其實我家原本也是搞暗殺的。」

「確實，你靈力的感覺……嗯，比起退魔師，可能更像殺手。」

「哎呀——還是瞞不過名滿天下的茨木童子嗎？」

我跟黃炎一來一往對話時，突然走到了一個明亮的地方。

那是一塊沒有屋頂的方形中庭，中央有一座小祠堂，奉祀著異國的神獸。另外迴廊上零星垂掛著的紅色燈籠，明明是大白天卻還點亮著。

有別於日本和風的東方氣息。沿著迴廊前進，開始聽到窸窸窣窣的交談聲，越來越嘈雜。

裡頭似乎還有一間中華料理店，我大吃一驚。飄來了好香的氣味。

「歡迎光臨陰陽局橫濱中華街分部『月華棲』。」

語氣單調的丸子頭少女在入口處雙袖併攏，低頭行禮。

她帶我們往中華料理店裡頭走。

店內有幾位感覺別有隱情的亞洲退魔師，他們雖然瞄著我們，但也沒有特別出聲搭話。

我們被領著穿過簾子，後方有一張擺滿美味中華料理的圓桌。

「我準備了午餐喔。到晚上前還有時間，小朋友們吃一點吧。」

黃炎說完，就跟青桐和魯走到更深處，只有我、馨和津場木茜被留在這兒。

「午餐！我肚子早就餓扁了！」

「喂，真紀，妳等一下。我拜託妳要小心一點！」

「不用擔心，裡面沒放毒啦。這裡雖然很詭異，但好歹是陰陽局。反倒是今後的飲食比較值得擔心。不先在這裡多吃點，身體會撐不住喔。」

馨雖然顯得神經緊繃，但聽津場木茜這麼說後，也就逕自吃了起來。

看到他的舉動，我們也坐下來開始吃了一點。

乾燒明蝦、什錦炒飯、春捲，還有像是烤全雞的食物、神祕的熱炒料理、神祕的湯。

燉煮的整副魚翅我還知道。有在電視上看過。

「欸，這個熱炒是什麼？」

「鮑魚喔。鮑魚炒青菜。」

「喂，這難道是北京烤鴨嗎？我不曉得要怎麼吃呀。」

「啊——受不了你們耶！就用這個，這樣包起來啦！」

津場木茜對高級中華料理很有概念，我們在他的指導下學著吃北京烤鴨。用麵粉做的薄皮，將從烤全鴨上削下來的肉和皮、小黃瓜、切細的蔥，加上特製的味噌包在一塊兒吃。

北京烤鴨酥脆焦香的皮極為美味。跟這個又甜又辣的味噌很搭，由於麵皮裡包了飽含水分的蔬菜一起吃，所以味道不會太過濃厚，還有爽脆的口感。

其他中華料理也全都道地又好吃，我們不愧是到了中華街。

另一方面，那些被抓的人現在該不會都餓著肚子吧？我也開始有點擔心。不可能會給他們提供美味的食物。

不，我現在能做的就只有盡量吃，蓄積體力。為了把大家救出來。

「欸，津場木茜。你之前有來過這裡嗎？」

「當然有呀。黃家在表面上隱瞞身為陰陽局一分子的事實，徹底在黑社會中紮根，所以能輕易博取敵人的信任，收集到可信度很高的情報。」

接著，津場木茜露出「這樣說起來」的神情。

「青桐和黃炎好像是陰陽學院的同學。這次黃炎會願意積極協助，也是由於青桐拜託他的吧。」

「陰陽學院？」

「在京都的退魔師訓練機構呀。你們不曉得嗎？」

我跟馨用力點頭。津場木茜嘆了口氣，但還是繼續說：

「陰陽學院就像剛剛說的那樣，是由陰陽局營運的退魔師訓練機構，是五年住宿制。通常是上高中時去念，但也有人是先讀普通高中，再從第四年開始念。」

「哦，你就沒有過去念耶。」

「對呀，會比念普通高中輕鬆，就算一邊做陰陽局的工作，學校也會各方通融……可是對於出身退魔師世家的人，第一年到第三年學的東西根本是基礎中的基礎，太無聊了。啊，不過我打算高中畢業後，要從第四年開始念。」

「喔，那你不久後就會去京都囉？」

「沒辦法呀。只有那裡有學校，如果要成為陰陽局的退魔師，念一下也沒有壞處。就像這次青桐豐富的人脈會成為解決難題的助力。是說，那也是如果我能累積到人脈的情況啦……」

最後那句不曉得為什麼有點扭扭捏捏的。津場木茜看起來有點沒自信。

「而且津場木家的繼承人代代都出自陰陽學院。我也是這麼打算。」

「哦，原來你也是有在認真為將來打算呀。真了不起呢。」

「當然呀。自己的將來要自己打算。話說回來，你們兩個怎麼打算呀？高中畢業以後……該不會就閃婚吧？」

「咳咳咳！怎、怎麼可能啦！我很一般的，打算考東京的大學。理工學院的建築科系。」

馨被津場木茜突如其來的天然呆嚇了一跳，但還是認真回答。

「呵呵。別看馨這樣，他的成績可是很好喔。」

「為什麼是妳在得意呀，茨木。是說，看到那個莫名其妙的狹間結界術技巧，就有感覺到大概是這樣啦。並不意外。」

津場木茜坦率認同馨的技術。

但在我又再次將手伸向北京烤鴨的時候——

「可是，茨木，妳是那個吧。學校成績不太好的那類吧。」

呃……他的評論讓我的手停在半空中。

馨在旁邊一副事不關己的模樣，也不幫我講話。

「你、你說什麼啦。啊啊啊，你知道我們高中的升學率嗎？好歹也算是一間高升學率學校。」

「反正妳當時一定是想跟天酒，還有那個鵺讀同一所高中，所以拚死命地念書吧。不過上了高中後，就有點跟不太上。看起來是這樣。」

嚇死我了。這傢伙是怎樣，超能力者嗎？

津場木茜嘲笑般地看著我，一邊還咬著春捲。

「像妳這種力量型的，腦袋的程度大概就是那樣啦。看起來總是憑感覺在用靈力，也沒用過什麼像樣的術法。」

「喂，你不准把真紀當笨蛋看。真紀……她真的就是這樣。」

「馨！你有沒有要幫我說話呀！」

的確沒辦法反駁，我既不博學多聞，學校成績又輸由理和馨一大截，而且也沒有用過什麼上得了檯面的術法。

雖然也會用一些術法，但全都比不上馨和由理的正統術法，所以從來沒有使用的必要。

雖說會用，但全都是看別人用時學個大概，再自己嘗試後弄出來的程度，幾乎完全不懂裡頭的原理。

雖然被說是憑感覺在用靈力，但真的就如他所說。

實際使用後，突然成功了。像這般藉由重複使用，讓身體記住感覺。

「是說，那也是一種才能啦。就是所謂的天才。所以才讓人覺得很可惜……這種人只要肯好好理解並記憶術法的架構，明明就能變得超級厲害。」

他是真心這麼說的嗎？還是有什麼其他含意？

我跟馨對看一眼。像是在說：這傢伙最近變坦率了耶。

「不好意思，我們花了一點時間。」

青桐總算回來了。

「吃飽了嗎？那麼請馬上去換衣服。」

「咦？換衣服？」

我由魯領到另一間房裡。

馨和津場木茜也跟著青桐，到別的地方去了。

在房間裡，我不知道為什麼被穿上了殭屍用的服裝。

「欸，為什麼魯妳身上是穿去派對的禮服，我卻是穿旗袍呢？」

「那是因為真紀妳是以黃家的殭屍身分上船。既然茨木真紀的身分已經曝光了，這是沒辦法的事。」

她的話很有道理。旗袍也很可愛，是沒關係啦。

「欸，魯。殭屍給人的印象就是中國版的喪屍吧，黃家會做喪屍喔？」

「真紀，妳也看過啦。剛剛在月華棲入口見到的那個少女。」

「咦！那個女生是殭屍嗎？我完全沒發現。」

「印象中好像是黃家上一代當家年幼時就過世的女兒吧。黃家只會將自己家族的屍體做成殭屍。外表跟活人幾乎無異，也沒有屍體的腐臭，非常精巧。」

確實，連我都沒有發現。

「屍體裡面有寄宿靈魂嗎？」

「沒有。聽說會出現原本特有的語氣或生前的習慣，但寄宿其中的，只有遵照家規遺留下來的記憶，還有強烈的思念。似乎並非本人的靈魂。」

記憶跟思念……嗎？

「以前會在額頭貼上符咒，施下避免遺體腐爛的術法，但最近會打開頭蓋骨，直接對腦部施加術法。所以只要頭部沒有遭到破壞，殭屍就會成為不怕死的戰士。」

「什、什麼。聽起來很噁心耶。」

「不過這次剛好可以把妳的臉遮起來，所以真紀妳跟其他殭屍的臉都會依循傳統貼上這張符。」

魯打開木盒的蓋子，給我看了頗大張的符咒。畫著八卦、施加道家術法的符咒就收在裡頭。

為了防止遺體腐爛的術法嗎？

這麼說起來，這種術法，阿水過去也會用……

「來，真紀。好囉。」

不知道什麼時候，我身上已經穿好一件質地光亮、有嬌豔牡丹圖案的紅底開衩旗袍。擦上個性強烈的鮮紅口紅，稚氣就又減了幾分。

而且盤起顯眼的紅色頭髮，用黑色假髮蓋住。

啊啊，我嚮往的長直黑髮……

「晚點要貼上殭屍用的符咒，我漂亮的臉蛋都藏起來了，真可惜。還有……胸口有點緊。」

「因為旗袍一直到脖子都是完全沿著身體曲線設計的。而且真紀，妳的胸部又發育得很好。」

「一直睡了又吃，睡了又吃，就變成這樣了。我自己是想要再瘦一點，但馨好像比較喜歡這樣。」

「馨果然是貨真價實的男生……」

「是呀～馨是正統派喔。話說起來，妳跟青桐怎麼樣呢？有進展嗎？」

話題突然切到女生的小祕密，魯說得扭扭捏捏，滿臉通紅。

「其實我們現在住在一起。」

「咦？從來沒聽過這件事！」

「不過他，大概只是因為陰陽局委任他監視，或是照顧我而已，並沒有其他想法吧。我變成狼或小狗模樣的時候，他會一直摸摸我，很疼我，但只要我以人類姿態存在，他就完全不會碰我。所以我在家裡常保持著小狗的模樣。」

「啊……這樣就只好，該怎麼說，只能慢慢來了。不過青桐看起來很難搞呀～～」

魯穿著黑色晚禮服的模樣明明豔麗又迷人，陷入戀愛煩惱的少女神態卻很惹人憐。我忍不住抱緊她，結果讓她化成的人類外觀冒出來耳朵和尾巴。那個樣子也很可愛。

『喂，真紀。準備好了嗎？』

叩叩，敲門聲響起。是馨。

「噹噹。你看，馨。是旗袍喔！還有黑髮喔！」

我打開門，張開雙臂，就像在誇耀「怎麼樣呀」。

馨肯定會對我有別平常的模樣嚇一跳吧。我心中暗自這樣想……

結果馨穿著成熟的正式西裝的樣子太有型、太帥了。

「啊啊啊啊，馨！馨，你好帥！」
反倒是我一瞬間就被迷倒了，緊緊地抱住馨。在他身上不停磨蹭。
「快、快住手，真紀。人家好不容易才把妳打扮得這麼漂亮，妳的妝髮都會亂掉喔。」
「你覺得漂亮嗎？」
「啊？妳這傢伙，不要趁火打劫喔。」
「嘖。馨，你真不坦率。」
「……」
「等一下，馨。由理、阿水跟組長正身陷險境時，你這人居然一直盯著前世妻子的胸部看。」
「不好意思。實在太明顯了，我不知不覺就……」
西裝打扮的馨看起來像個成熟的男人，非常瀟灑，但內在果然還是馨。
現在也叫我「穿上這個」，急忙把自己的西裝外套給我套上。大件而寬鬆的外套。好溫暖。
「喂，你們兩個。到這種節骨眼還在打情罵俏！我們現在就要潛進敵營了耶，沒神經的傢伙。」
「……津場木茜就算穿上成熟的西裝，還是津場木茜呢。」
變裝完畢，也備齊武器，已經完成戰鬥的準備。

出發，前往海盜的陣地。

〈裡章〉由理獲知那群狩人的真面目

我的名字叫夜鳥由理彥。

這是我假扮成好友真紀被壞人抓走幾天後的事。

「喂，被關的公主。」

喀嚓。有個黑眼圈很深的灰髮男人握住牢房的柵欄，低頭看我。

「哎呀，這不是罹患中二病的自憐型式神玄武嗎？沒幹勁的晴明還好嗎？」

「喂，就算你現在假扮成茨木真紀，也不能隨便亂說話。」

那個安倍晴明所驅使的式神，四神的玄武。

不愧是叶老師，行事謹慎。居然還派這個男人過來。

「就算被迫喝了甘露艾草煎成的藥，你喬裝的那層皮好像也沒脫落耶。值得稱讚你一句名不虛傳喔。不過，你是晴明的式神，這種程度也是理所當然的啦。」

「玄武先生。你也潛入這裡了呀。話說，那個柵欄上有施加了妖怪討厭的詛咒，你的手不痛嗎？」

「廢話，你這個混帳。我又不是妖怪，我可是擁有神格的『神』耶。完全不痛不癢好嗎。話說回來，不是玄武先生，你要叫我首領。」

「就算你在敵方也一點都沒有突兀的感覺。不管怎麼看，都是一張壞人臉，而且嘴巴也很壞。怎麼看都不像一位神明。」

「你如果不用那張爽朗的笑臉講這種挖苦人的話就太好囉。你呀，自己的命要自己保護喔。我可是有堆積如山的任務要做。」

「我知道啦。我會當作你不在這裡。」

「哼。不可愛的部下。」

說自己的命要自己保護的，明明是玄武先生自己。

「喔喔，好像有人來了。再會啦，我要開始間諜活動了。」

然後，玄武先生變成了一隻小彩龜的模樣。

遲鈍地、緩慢地，以可愛的模樣走過牢房角落，準備離開這裡。我平常就這樣想了，他好像不會固定變化的模樣耶……

有一個狩人過來了，他沒有注意到在一旁踱步的彩龜。

「喂，妳的飯。」

寬袖長袍，戴得很深的帽兜。

他手裡拿的托盤上，有麵包、湯和幾顆水果。這就是一整天的分量了。

最近每天都吃這樣，如果是真紀應該受不了。還好是來這裡的人是我。

「我開動了。」

我有先合掌致意，才開始吃。今天的湯是濃稠的義大利雜菜湯。

雖然不難喝，但也算不上好吃。應該有比昨天的辣味湯好一點。

「我聽說妳是大胃王，還以為妳會抱怨東西太少，沒想到還滿能忍的嘛。」

拿食物過來的狩人，主動向我搭話。

之前出現在淺草的狩人，是有如閃電般現身的「雷」跟其他兩人。

一個人是玄武先生那種吵個不停的類型，另一個比較安靜。

今天過來的是像玄武先生的那個。不過，他的情緒不像在隅田川遇見時那麼高昂，聲音很沙啞。

年紀應該跟我們差不多。其他人好像叫他「麥」。

「又沒有活動，肚子也不會餓呀。」

我用真紀的語氣回話，但我也覺得如果是真紀本人，肯定會對這種分量大肆抱怨。只是我不像真紀這麼會吃。

「欸，偶爾一下也好，放我出去透透氣吧。」

「啊哈哈，那可不行喔。妳是不是有點搞不清楚狀況呀。而且，等妳在拍賣會上找到買主，就可以如願離開這裡了。」

「要是被變態老爸，或讓我挨餓的妖怪買走了，你們要怎麼賠我呀。」

「到時候就只能恨自己運氣不好囉。是妳對自己的力量太自負，一個人悠哉悠哉逛大街不對。」

「欸，抓到我的那個叫『雷』的傢伙呢？」

「雷很忙。厄克德娜大人命令他去抓其他妖怪。」

這個人個性非常坦率，也會立刻回應我的言靈。

幸好負責管理我的狩人是他。不過我心中也有一個疑問。

「欸，我第一次見到你時就這麼想了，你，應該是女生吧？」

「咦？」

他吃了一驚，沉默了一會兒，低下頭。

真紀似乎認為對方是男生，但騙不過我的。我過去假扮過無數男男女女，這種事靠氣味就知道了。

「現在已經不是男也不是女了。像人家這樣的怪物……」

說到這裡，他突然嚇一跳。回過神，才發現自己的頭已經露出帽兜外了。

當然是我施展不會讓他發現的小術法搞的鬼。

這個人原本應該是個眼睛又圓又大的女孩子。

但她的皮膚乾燥又粗糙，一頭長髮也帶著藍青色。還有，瞄到一眼的牙齒，像鯊魚一樣呈現尖銳的鋸齒狀。

「哦，很可愛呀。妳是半妖吧？」

「不、不是！不要把我跟妖怪混為一談！」

我也不自覺用自己原本的語氣講話，好險對方也很混亂，正拚命把帽兜戴回原樣，所以沒發現不對勁。

「妳、妳吃完了就把餐具拿到外面喔。」

接著就慌張地跑走了。

「……半妖呀。」

那是人類跟妖怪結合而誕生的存在。

淺草也有半妖。不過，這些人有義務向各地的工會和陰陽局提出申請，進行登錄，必須要選擇將來要以哪個身分活下去。

「可是，感覺不太一樣呀。那個是……刻意做出來的，某種禁忌之物。」

其他狩人也是這樣嗎？

如果是的話，他們為什麼會待在這種地方？下次我來問問看這件事好了。

「我吃飽了。」

吃完後，我將餐具拿出去，在空無一物的牢房中，瞪著頭上的監視器。
對我不利的部分，玄武先生肯定會幫我想辦法處理的吧。
「雖然我剛剛說要當作你不在這裡，但要靠你囉，首領。」

〈裡章〉灰島大和被看作小老鼠

我的名字叫灰島大和。
是淺草地下街妖怪工會的組長。別看我這副模樣，我還不到二十五歲。茨木他們幾個老愛叫我「組長」，但我跟黑道絕對沒有半點關係。
我儘管生為術師名門灰島家的長男，卻一丁點才能都沒有。
不，不對。我小時候力量好像遠比現在強大。
是怎麼樣的力量呢？好像是，非常地「冰冷」……
曾因為沒辦法駕馭那股力量而誤傷了媽媽。每天都遇見恐怖的事，做一些莫名其妙的夢，我漸漸無法承受。印象中，我好像請求大黑天大人幫忙。

『我不想要了。我不想要這種力量！我差點就把媽媽關在冰裡……』

『不過這個力量是你的「緣」，往後必定會派上用場。但現在並不需要。如果這股力量會喚起記憶，你肯定會因此而受苦吧。這樣的話，在那個時刻來臨前，就由淺草七福神幫你封印起來吧……』

遙遠過往中，我和大黑天大人的剪影。

對了。我請求他，說不想要這種力量。我甚至連這件事都忘記了。

他接受了我的請求，漸漸地，我不再能夠使用那龐大的力量。原本是沒辦法駕馭，但這個情況不同，變成我不管做什麼，都只能產生微弱的效果。力量衰減了。

我就這樣成為了以名門灰島家術師來說相當糟糕，甚至比旁系成員更差的本家之恥。

因為力量太弱這件事，我常常感到自卑。

明明其他名門都有才能出眾的後繼者。背後這樣遭人說閒話也早就是家常便飯。

津場木家的茜，我對他的傳聞總是很敏感，每次只要去陰陽局，就會再被提醒一次，在這裡的每一個人都是比我優秀的術師。

不過，力量不足的部分，我靠四處奔波來彌補。

畢竟就算情況如此，繼承淺草地下街妖怪工會的人，仍舊是我。

我勤於拜訪淺草眾神及妖怪，傾聽他們的煩憂，是否有生活上感到困擾之處。小學生時背著書包奔走，上國中後也不參加社團活動，高中時還因為連個女友都交不到而被嘲笑。

面對反覆無常的神明和妖怪，我從不放棄，非常努力。

『你該不會是，看得見吧？』

一開始這樣跟我搭話的，是也還背著小學生書包的天酒。

那時起，我跟上輩子是大妖怪，現在卻是人類的麻煩「三人組」結識了。

這幾個人明明擁有強大的力量，卻不曉得為什麼喜歡接近我這個沒有能力、貨真價實的人類，開始常常來找我。我也是，在屢屢替他們惹出來的麻煩擦屁股後，似乎不知不覺地對他們抱持好感。

自從真正接下淺草地下街的工作以來，我每天都要去阻止管轄區域中的妖怪糾紛，管理秩序，保護迷途的妖怪，幫他們在淺草找工作，協助他們建立安穩的生活。根本是與危險為鄰，忙得要死。每一天生活充斥著這些事。

不過對我來說，淺草的神明和妖怪也就像家人一樣。

雖然旁系的成員嘲諷我沒有力量，但淺草的居民卻不會嘲笑我，每一個都語帶親近地叫我「大和小老闆」。把我當成小朋友一樣疼愛。也是啦，從妖怪的角度來看，我現在還是個小朋友吧。

然而這些「家人」卻遭到人類綁架，就快要被拍賣到遙遠的國度了。

這簡直就像是電影情節，但對妖怪來說，這類危機至今也仍潛伏在身邊。

淺草是對「妖怪」來說最和平的土地。長年以來受人如此讚譽著，我明明也一直為了維持這份和平而努力著……

我找出了那些被抓走的妖怪的所在地，還有隱身在背後的黑手，但又因為力量不足，沒能救出大家，反倒逃得太遲，被關起來了。

因為力量不足。就因為力量不足。

千辛萬苦才派出式神把消息傳給陰陽局，但我也不曉得他們有沒有成功收到。

○

「喵哈哈哈。沒有力氣的小老鼠們醒過來了喵～～」

似乎，傳來了奇異的貓語。

我微微睜開眼，從鳥籠般半球體狀的鐵柵欄間隙，有一隻巨大的貓妖正盯著我們瞧。

就連我這種貨色也曉得。那是一隻大妖怪，我根本不是他的對手。

「早安，灰灰髒髒的小老鼠。聽說狩人原本想把你丟去餵鯊魚，但你身上好像有一道很強大的加護在保護你喵。我有點感興趣就偷看了一下你的深層心理，想不到！想不到！喵哈哈哈哈哈！」

貓妖大笑出聲，從鐵柵欄的間隙伸出舌頭，舔著我的臉。

「灰島大和。你有一個相當有趣的『前世』呀喵～好像可以派上用場，所以我決定留住你這條小命喵。」

前世？

這隻女貓妖，到底在說什麼？

但我的身體虛脫，意識輕飄飄地無法集中。肯定是被施加了什麼神妙的術法，讓頭腦沒辦法運作。

我將會就這樣被輕易地殺死嗎？

沒有救出誰，什麼也辦不到。

好冷。

闔上雙眼後，在紛飛白雪之中，有一位霸氣的男性，一個「鬼」朝我伸出手。

這個畫面是什麼呢？

你是誰？

我，又是誰？

第三章 郵輪晚宴（上）

傍晚的橫濱港十分華美。

「欸，馨。那棟帆船形狀的建築物好酷喔。」

「我記得那個好像是飯店喔。很高級的。」

「我其實是第一次來橫濱的港口。馨，你知道這裡是約會勝地嗎？」

「哦——」

我們明明不是來觀光的，在橫濱港大棧橋國際郵輪碼頭的空間廣場上，卻接二連三地講出有如觀光客的感想。無數高聳大樓的燈光，知名的紅磚倉庫，散發彩色光芒、緩慢轉動的大摩天輪，到處都閃閃發亮，確實適合約會。

可是我們黃家的這夥人倒是顯得很詭異，十分可疑。

不僅所有人都披著黑色外套，還戴著黑色太陽眼鏡遮住眼睛，我臉上甚至還貼了一張符。

雖然現場也有一般的觀光客跟情侶，但他們幾乎沒有注意到我們。

因為這一帶都被施下了「隱遁之術」，聽說除了相關人士以外，連船的影子都看不到。即便那兒真真切切地有一艘巨大的船。

在寂靜中開始有人上船了，我們每個人手上都拿著受邀的入場券。

等著上船的那些傢伙，要不是看起來很危險的黑社會分子，就是錢多到花不完的人類，還有混在人群中但並非人類的傢伙等等。

在這裡的所有人，都是要去參加非人拍賣會的吧？

一想到這點，我忍不住散發出敵意。不過前面的馨回過頭，用眼神叮嚀我「別忘了計畫」。

嗯，我懂。讓計畫成功比什麼都重要。

在成功之前，我必須扮演好一個黃家帶來的殭屍。

這次假扮黃家一行人前來這艘郵輪的，有黃炎跟黃家的殭屍們、我跟馨、津場木茜、青桐，還有魯。深影全程都會以烏鴉的模樣隨著船飛行，負責偶爾從上空掌握整體的情況。因為他沒辦法攻擊人類。

聽說陰陽局最新型的追蹤船會從後方跟著這艘郵輪，但從我們這邊沒辦法確認。那邊應該有阿熊跟阿虎在待命。

凜音應該也搭上這艘船了，但現在還不曉得他在哪裡。

首先，順利無礙地潛進船上了。豪華郵輪「皇家梅洛號」奢華又高級的入口大廳，矗立著他們象徵的人魚雕像。

在這兒除了客房以外，還有許多餐廳、酒吧、賭場、電影室，似乎連舞廳樓層都有。讓人忍不住要興奮歡呼，但我現在只能是一個乖巧的殭屍。我要優雅，優雅。

我們直接被領到客艙，房間簡直像飯店的豪華套房一般奢華。放床的房間跟有沙發的房間是分開的，還有獨立的陽台，和按摩浴缸。

這艘奢華至極的郵輪，也是用販售非人生物所獲的金錢打造的吧。

「照事前得到的消息，聽說搭乘這艘船整整一天之後，就會到達拍賣會的島上了。」

「簡直就像是電影中的世界耶。」

雖然只是我們孤陋寡聞，沒見過真實存在的這種世界，但真的就如馨所說，這裡簡直就像是會在好萊塢電影中看到的，貴婦名流們搭乘的那種豪華郵輪。

「喂，你們在那裡驚嘆什麼啦。話說回來，你們兩個理所當然地跑到同一個房間，但你們可不是同一間喔。」

津場木茜探頭進房裡，眼神不悅地說。

「茨木跟魯同一間，就是這間房。天酒，你是隔壁，跟我一間。」

「……咦？我跟你一間？」

「順便講一下，青桐跟黃炎在兩個女生另一邊的房間。聽好了，千萬不要引起騷動，也不准擅自行動喔。船上可沒有地方能逃走。」

津場木茜有點神經質。特別是朝著我叮嚀「妳聽懂沒」的表情。

「欸，津場木茜。你好像很習慣這種豪華郵輪耶。陰陽局會搭這種船嗎？」

「跟陰陽局無關，我們家旅行時滿常搭的。我小學時就花了一整個暑假環繞世界一圈了呢。這種東西有什麼好大驚小怪的。」

「……說的也是，津場木茜你是個超級大少爺。我忘記了。」

我想起川越的津場木宅邸。

大少爺這個角色，從由理轉到津場木茜身上了。

「啊，動了。」

郵輪在漆黑的海面上靜靜地前進，遠離橫濱的點點亮光。

「不要鬆懈喔。在拍賣會之前，戰爭就已經開打了。」

青桐來到我們所在的房間。

「那麼各位，收集情報的時候到了。我們去晚宴探聽有用的情報吧！」

「晚宴？」

「賭場跟酒吧會開放，提供參加者交流的空間。在拍賣會上，手中有幾張入場券，會影響競標目標商品的優勢，所以大家會在之前以入場券為報酬進行交易。」

「金錢就是力量嗎？」

「非人生物拍賣會不能光用金錢來衡量。首先是這張入場券，主辦人會暗地從各邀請卡中留下十三張，可以帶這個數目的熟人或侍從前去。我們就是利用這個制度，事先請對方讓出八張，才搭上這艘船的。而上船之後，入場券就會變成談判的籌碼。」

青桐舉起招待入場券，繼續往下說：

「想要問情報，只要拿出這張招待入場券就可以問了。如果對方想要招待入場券，交易就成立。招待入場券的數量，對參加更高等級的競標時有幫助。還有，得到對方提供的情報後，如果發現對方跟自己想要同樣的拍賣品，也可以搶走他的招待入場券，讓他不能參加競標。」

「原來如此，事先就剔除競爭對手嗎？」

「沒錯，天酒。最壞的情況下，我們手上不留招待入場券，所以可以徹底專注在收集情報。」

青桐列出幾項必須獲得的情報。

「必要的情報，第一個，拍賣會的主打商品。第二個，想要買茨木童子的買家。第三個，可能的話，探聽淺草地下街的大家是否平安。第四個，關於暗中協助波羅的．梅洛的妖怪。」

要收集的這些情報，是對今後計畫來說必要的資訊，似乎同時也考量到了這次行動結束之後的事情。

青桐、魯跟津場木茜立刻前往酒吧，我、馨跟黃炎則一起走向賭場。我們分成兩組行動。

「很多看起來不太妙的傢伙在蠢蠢欲動呢。」

「馨，你看。那個男人，得意洋洋地讓兔女郎服務的那個。」

賭場空間很寬敞，裡頭煙霧瀰漫。晚宴已經開始了，有許多人類及聽命於他們的非人生物參加。

往深處走去，菸草的白煙越濃重，我好想咳嗽，但要忍住。

有幾個人往我們這邊看，竊竊私語地談論著。我沒有露出馬腳吧？

傳進耳裡的聲音都講著「是黃家」，或是「殭屍」，所以我想應該是順利過關。

「黃家果然在黑社會很吃得開耶。」

「還好啦～畢竟這才是我對外的身分呀。啊，那個梳著油頭的是西西里島黑手黨的首領。他出名的愛女色，特別是會到四處買非人美女回家收藏當作侍女。」

「唔喔……」

啊，是我剛剛也注意到的那個傢伙。

帶著美貌的兔女郎，抽著雪茄，看起來就像黑手黨的男人。

美貌的兔女郎脖子上戴著項圈。

「組長，對不起。我一直以來都開玩笑說淺草地下街看起來好像幫派，但真貨看起來更糟糕呀。」

看到這裡的傢伙，就發現組長根本是天使呀。跟玩女人八竿子打不著，又不抽菸，酒品也不差。真的是個好人。

剛剛提到的那個西西里島黑手黨走了過來，語氣友好地主動搭話。

「哦，這不是黃家的小子嗎？你上次借我的那個殭屍，有好好在工作喔。」

「你好。」

黃炎雙手合掌低下頭。

黑手黨男性瞄了躲在黃炎背後的我一眼。

「那個也是殭屍嗎？叫什麼名字？」

「啊，這個嘛，叫作香香喔。」

上野動物園的貓熊嗎？馨如果可以發言的話，肯定會這樣吐嘈吧。

「非常強悍。在歷代作品中，也算是我特別有自信的成果。」

「哦？我是第一次看到女的殭屍。我看一下長什麼樣子。」

他一聽到是女的，眼神就變了。黑手黨男性朝我伸出手，就要掀起臉上的符咒。

「！」

馨迅雷不及掩耳地抓住那個男人的手腕。說到馨那瞬間的表情，真令人心跳加快呀。

「混帳……你、你幹嘛？」

「啊哈哈。不好意思喔，阿爾加諾首領。這兩個人原本是雙胞胎兄妹，妹妹在兩年前悲劇性地死去，因此懷著萬般悲痛做成殭屍。哥哥現在也非常珍惜妹妹，不准任何人碰她。妹妹身上也還保有敬愛兄長的記憶。」

黃炎睜開微微瞇起的眼。

「我剛剛說過了吧。這個女生非常強悍。一旦失控，後果就很難收拾。這次就請高抬貴手。」

說完，就合掌低下頭。

那個男人，是對「一旦失控，後果就很難收拾」這句話有什麼不好的回憶嗎？

「哼，算了。與你們黃家為敵也很麻煩。反正我打算在拍賣會標下一些美女了。」

「你想要標什麼？如果有需要入場券，我這邊搞不好可以提供一張喔。只是，如果你曉得這次的主力商品的話。」

黃炎迅速將自己的招待入場券從胸前口袋取出。

看到那張入場券，男人臉上又起了變化。

黃炎察覺對方有意想要，便開口詢問情報。

「傳聞說主力商品有三個。」

男子接過黃炎的招待入場券，壓低聲音。

「第一個，是在挪威找到的，滅絕種的龍蛋。第二個是加勒比海擁有十二色鱗片的人魚。第三個，是日本大妖怪茨木童子轉世成的小女生。」

「哦哦，人魚這次也會是最高價吧？」

「我是看上人魚，但這次好像也有人把茨木童子當作目標。日本大妖怪的轉世。前世是不得了的怪物，現在卻是人類女孩，這個是重點。真的是從來沒有看過其他的例子。也就是說，人類和非人的大人物都想要。」

「……」

從來沒有看過其他的例子……嗎？確實，從妖怪轉世成人類的存在，我也沒聽過其他的了。這一點讓人有些在意。

一張介紹券能夠獲得的情報就是這些，西西里黑手黨的首領摟住美貌的兔女郎，轉身離去。剛好就在那個時候，背後有陣騷動，我們回過身去。

似乎是某個不容忽視的大人物來到賭場了。

「你看，是吸血鬼一行人。」

「惡名昭彰的『血腥伯爵夫人』，甚至還有『穿刺公』。他們應該是想要那個人類女孩的鮮血吧。」

周遭低聲交頭接耳的內容，讓我們明白那夥人是誰。

臉色蒼白的吸血鬼軍團，其中一身像是要去參加中世紀歐洲舞會禮服的女人，還有臉戴著鐵面具、身穿燕尾服的男人特別顯眼。

在最後頭，我看到穿著鐵灰色西裝的凜音。

「馨，抱歉。這種打扮怎麼樣都還是凜音佔上風呀。那頭柔順的銀髮是種罪惡。」

「那傢伙的話，跟平常的造型沒什麼差別吧。」

那副站姿很優雅，非常有凜音的風格。不過，感覺上他的表情比平常更加緊繃。

他極力避免看我，是因為這張符紙的緣故，還是只是沒有察覺到呢？

「那是吸血鬼的同盟『赤血兄弟』。原來茨木童子過去眷屬的銀髮小子，也隸屬於那個同盟呀。」

「赤血……兄弟。」

凜音果然連看都不看這邊，就這樣跟著那群吸血鬼走了。

然後，在穿禮服的女人坐的沙發旁邊跪下，托住她伸出的手親了一下。

「喂，那傢伙親了那個女吸血鬼的手喔。」

「親手背這種事在國外只是一般禮儀吧。」

「那傢伙，那個凜音，對別的女人下跪喔。喂，這是怎麼回事呀！」

「為什麼是你在憤憤不平呀？馨。」

確實我也有些詫異。

因為凜音雖然個性彆扭，但作為茨姬眷屬的那份忠誠是牢固的。

不過，這輩子，他從來不曾說過想要再次成為我的眷屬。雖然有說想要把我收為眷屬啦。

現在在這裡的，是我所不知道的凜音。所以他已經有別的主人了嗎？

「赤血兄弟的目標，想必是茨木童子轉世的女孩……也就是真紀吧。對吸血鬼來說，鮮血蘊含龐大力量的茨木童子，肯定讓他們想要得不得了吧。」

「我想是吧。凜音說除了我以外的血都很難喝。」

「啊哈哈，是老饕呀。不過……就是這個意思呢。」

黃炎臉上笑容依舊，嘴裡告誡我。

「真紀，妳最好不要跟那些傢伙扯上關係。沒有比吸血鬼更加執著，更加殘忍的傢伙了。」

照理來說，我們應該是想從渴望茨木童子鮮血的他們嘴裡問出情報，但黃炎似乎不打算和他們接觸。

這些傢伙有這麼危險呀！

為什麼凜音會待在那群人裡面呢？

「喂，真紀，那邊也有熟面孔喔。」

「嗯？」

肩膀被馨碰了一下，我便轉過頭。身穿和服正裝羽織袴的一行人走進賭場，我不敢置信地盯著他們。那個特徵是後頭部很長的小個子老人我有印象。

「那個……難道是滑瓢？」

大江戶妖怪的總元帥，滑瓢九良利組長老。

而且他還朝這邊走來。

「呵呵呵。好久不見呀，黃家的小子。」

「這不是九良利信玄大人嗎。您好久沒有來拍賣會露臉了呢。」

「前陣子百鬼夜行，有隻煮熟的鴨子飛走了。」

「哈哈哈，原來如此，您也是想要那個人類女孩呀。果然在妖怪間很熱門呢。」

馨沉默地聽著這段對話，但他的焦躁傳了過來。

「嘖，那個老頭，還沒有放棄妳喔。」

「我原本就有隱隱約約注意到，他真的是個壞蛋耶。九良利組的長老。不管是深影的黃金之眼或是我，好像只要是想要的東西，他就一定要弄到手。」

黃炎從胸前口袋掏出另一張招待入場券，交給滑瓢老爺爺，附耳問了什麼事的模樣。

「哦？是上次淺草那件事呀？淺草地下街的小子也真是運氣不好。應該已經小命不保了吧。」

聽到那句話，差點就要忍不住有所反應了，但仍使勁握緊拳頭忍耐。

我是如此，馨亦然。

「淺草是東京裡唯一不受九良利組掌控的土地。不過這樣一來……呵呵呵。」

「難道您也有在暗中助波羅的．梅洛一臂之力？」

「呵，呵，呵，天曉得呢。不過這次我得到消息，有『大妖怪』參與其中。」

長老的語氣簡直就像在試探一般。

「可以告訴我那個消息嗎？」

「告訴你也可以喔，不過這裡是賭場。明明是來打發時間的，結果卻只是陪著老人站著聊天很不應該吧。」

「這真是抱歉。那就讓我的小弟陪您玩一下吧。」

「咦？」

黃炎將馨如祭品一般推向前。

不不，他雖然戴著太陽眼鏡，但臉整個都露出來了呀。

「哦，這真是好久不見了！你不是當時的那個年輕人嘛！」

而且滑瓢老爺爺立刻就認出馨了！

「呵呵呵。原來如此，原來如此。我有幹勁了。這樣嘛，那我們用德州撲克來一決勝負吧。賭上各自的入場券跟情報。」

「啊？德州撲克？」

這遊戲雖然有聽過，但我跟馨都不會玩。撲克牌我們只會大老二、心臟病、牌七或抽鬼牌，這種在家裡可以玩的主流遊戲。

話說回來，派馨上場？要讓那個運氣超級無敵差的馨上場嗎？

會……會輸……肯定……

「等、等等，黃炎！我話說在前頭，不要小看我的壞運氣喔！」

「輸了也沒關係啦。我又不會怪你～」

「糟糕。我感覺到被殺手施加壓力了。」

馨坐上位置，稍微聽了一會兒德州撲克的說明後，就準備跟九良利組的老爺爺展開對決。

妖媚的莊家姊姊說：

「按照德州撲克的規則。不賭籌碼，賭入場券。那麼，我開始發牌。」

馨顯得很慌張，所以她仔細地說明。

好像是會各自先發兩張牌，然後要用自己拿到的牌跟擺在台上正中間的公共牌來做組合。

那個組合好像叫作「牌型」，像是同花順或葫蘆這些好像在哪裡聽過的名詞，就是指德州撲克的「牌型」。

「牌型你容易搞混，就把它當作『招式』也可以喔～」

「原來如此。如果把它們想成稱作同花順或葫蘆的招式，就好記多了！」

我還是聽不懂。就在一片混亂中，比賽開始了。

各自先確認手中的兩張底牌，平常在對局時，這裡大家可以下注，但我們賭的是「入場券」跟「情報」。

依序翻開牌面，確認是否有組成牌型……

「啊～你真的是運氣很差耶。居然連個對子都沒有。而且還都是數字很小沒用的牌。」

「對不起。我知道。對不起。」

那個，不知不覺間馨就輸了。

「呵呵呵。未經世故的新手呀。」

另一方面，似乎已經輕鬆獲勝的長老，悠哉地揮著扇子搧臉。

接著，他拿走一張馨下注的招待入場券，在桌面上交叉雙手，氣勢威嚴地詢問：

「話說回來，年輕人，我記得你是淺草地下街的人吧？你為什麼會來這場拍賣會呢？這裡明明很危險。」

現在是勝利者收集情報的時間。馨有義務回答他的問題。

「……我是來救淺草地下街的大和跟被抓走的淺草妖怪。有什麼問題嗎？」

「不只是這樣吧。」

馨在德州撲克上是慘敗，但問答時倒是應對得很沉著。

「如您所想的，茨木童子轉世的茨木真紀。我也要來救她。順便還有水蛇。」

「哦，藥師水連也被抓了嗎？這倒是聽到了個好情報。」

這邊講的全都是事實，而馨藉由提出水連的名字，來試探對方擁有多少情報。

如果他不曉得水連被抓，那九良利組可能就沒有暗中協助波羅的．梅洛。只是，這個老爺爺不是省油的燈，他也可能是刻意那樣回答的。

「為什麼你要救茨木真紀呢？在百鬼夜行那次我也覺得好奇，你跟那個小姑娘到底是什麼關係？」

「什麼關係？」

馨瞬間僵住。他在眼下這個情況，絞盡腦汁思考該怎麼說明我們的關係才好。然後——

「那、那個……一開始，那個，只是青梅竹馬……」

「哦哦，然後咧？」

「最近，或者說情人節那一天，我們開始交往……」

「喔！我還以為百鬼夜行的時候你們就已經是情侶了，原來上個月才開始交往呀。好晚熟呀～第一個女朋友嗎？嗯？」

「第……第一個……女朋友。」

「百鬼夜行那次也不讓心愛的女人拿刀，自己站出來決鬥，這次又不顧危險闖進這種地方。嗯嗯，這是愛呀。愛得慘了呀。」

「唔呃……嗯……嗯……」

馨，真抱歉。你肯定尷尬到無地自容吧。冷汗直流，滿臉通紅。

滑瓢老爺爺的問法又很咄咄逼人，讓人不舒服。

他又不能說自己是酒吞童子的轉世，是上輩子的丈夫，只能扮演好初嘗戀愛的純情男子。

我又在旁邊聽，他也不能說謊。

見到馨這副模樣，黃炎忍俊不禁「噗哧」地笑了出來。

至於要說我的反應如何，馨這麼尷尬，卻還是說我是他「第一個女朋友」，感動到都要哭了。

「呵喔呵喔呵喔。捉弄小朋友真有趣！」

長老拍拍大腿開懷笑了一會兒，向莊家使了個眼色，表示差不多開始下一盤了。

「那麼，小朋友。如果你在這裡輸了，就沒辦法救回心愛的女朋友。你明白嗎？當然，我們也想要那個小姑娘。為了我們家族的未來。」

「嗯，我很清楚。」

莊家發給每人兩張牌，接著在台上並排擺上五張公共牌。

黑桃10。紅心J。方塊J。黑桃J。黑桃K。

「喔喔，已經集到三條了……」

好像是出現三張一樣的數字，就集到了名為三條的牌型。接下來就是各自打出手中的牌，比誰能做出更強的組合了。

滑瓢的長老嘴角浮現不懷好意的笑容。

那個瞬間，他強烈散發出大妖怪特有的不祥氣息。一瞬間，甚至連旁邊那些看熱鬧的人都臉色大變。

然後，長老將自己手中的牌翻開來。

紅心7。梅花J。

「四條！滑瓢的長老是四條！」

四條指的就是四花色的數字都到齊的狀態。

簡單來說，就是長老的梅花J讓四個J都到齊了，組成了四條這個很強的牌型。

「怎麼樣？小朋友。在這種地方輸了，就代表終究無法救出那個姑娘囉。」

像是確定自己已經贏了的發言。

「話說回來，你也太不自量力了。那個姑娘可不是普通的小女生，而是茨木童子的轉世。就算你的靈力還算強，她也不是區區人類男性就能匹配的姑娘。那個姑娘果然還是要嫁進大妖怪家才門當戶對。」

長老連珠炮似地發言。那股靈壓相當驚人，就連我都覺得搞不好會輸。

不過，剛剛還一直面露難色的馨，卻突然展露得意的笑容。

「那可還很難講。」

他將自己的兩張牌慢慢翻開。

黑桃Q。然後是，黑桃A。

旁觀的人全都喧鬧起來。

「同、同花大順！」

發生了驚天動地的大事，好像。

居然集滿了黑桃的10到A，湊出了名為同花大順的最強牌型。

意思就是，馨以無法超越的無敵狀態獲勝了。

出人意表地展開讓旁觀群眾歡呼叫好，拍手聲不絕於耳。只是——

「你作弊吧！」、「別開玩笑了臭小鬼！」

滑瓢那方紛紛出聲抗議。

「唔。確實，在這個局面上出現同花大順，有一點太驚人了吧。嗯？小朋友，你到底做了什麼？」

長老似乎也不能接受敗果，全身靜靜透出怒意，閉上雙眼又睜開。

透著一股帶有如威脅般惡意的靈力。

原本一直安靜待在一旁的我，喀噠喀噠地踩著高跟鞋走到不認輸的長老身旁，用冰冷的眼神低頭瞪向他。

「老爺爺，是你輸了。誰叫你看不起馨。」

沒錯。讓他能從貼在額上符咒的空隙，清楚看到我「眼睛」的狀態下。

「……原來如此。是這麼一回事呀。」

看到我的眼睛的長老，明顯地長長嘆了一口氣，搖了搖頭。

「罷了罷了～我還拖著這副老皮囊上船，沒想到全是白費工夫。想要的東西無法到手。這樣呀～」

「嗯，就是這樣喔。」

「那樣一來，入場券就沒用了。全部都給你們吧。」

長老將自己擁有的入場券全數塞進我手裡。

接著，離去的那一刻，他在我耳邊壓低聲音。

「跟這次行動有關的大妖怪，主要有兩隻是ＳＳ級。還有很多其他的。」

告訴了我這個消息。

「……ＳＳ級有……兩隻？」

「其他的不能再多說了。不過這樣就已經夠了吧。」

確實，雖然他沒說名字，但ＳＳ級總共只有五位，可以自行推測。

陰陽局官方認定的ＳＳ級大妖怪如以下所列：

酒吞童子。

茨木童子。

玉藻前。

大嶽丸。

第六天魔王。

從中刪掉酒吞童子跟茨木童子後，可以確定的是玉藻前，也就是水屑一定有份，剩下的那個人是這兩位中的誰呢？

……不管是誰，都很糟糕。

我打算乾脆問出是哪一個，但回過神來，老爺爺那群人已經離開座位，走到遠處了。

不愧是滑瓢。滑溜溜地混入人群，很難抓住。

「真紀，妳是故意讓那個老爺爺知道真實身分的吧？」

馨一臉擔心。不過我認為這樣做也好。

「畢竟這樣對他也比較好吧。還可以省去參加拍賣會的時間，也不會成為陰陽局的肅清對象。話說回來，馨，你剛剛突然發揮作夢般的好運，那到底是怎麼回事？」

「啊啊。」

馨的眼神飄向遠方。

「那肯定是淺草寺的所願成就加護的保佑吧。」

「啊，這樣說起來，是大黑學長在七福神巡禮時給你的吧。」

「在發牌前，我在內心說『大黑學長，請借我力量』，求助神明，結果公共牌只差兩張就能組成同花大順了。每個人的眼光都被三條吸引住了，但我的牌裡面有黑桃A。所以我就耍了點花招，偽造出黑桃Q。拿西裝的鈕扣跟原本那張牌當作材料，再用結界術跟靈紙變化一下。」

確實，袖口的鈕扣少了一個。

隨手就做一張牌出來，雖然是作弊但也太厲害了。

不過結界術，到底是什麼玩意兒？

第四章

郵輪晚宴（下）

之後，我們以手中的招待入場券為賭注，收集情報。

「啊、啊啊啊啊！」

稍遠處的座位，傳來女性的慘叫聲。賭場裡的目光全都朝那裡集中。

這次又發生了什麼事？

「是妳不對喔。講話的語氣看不起我。」

起糾紛的是在玩俄羅斯輪盤、身穿暗紅色禮服的女性，還有那個莊家。

「那是……」

是凜音對她畢恭畢敬的女吸血鬼。古典風情的禮服異樣地有存在感。

身穿禮服的女吸血鬼舔了舔莊家的頸項，神情恍惚的模樣微啟紅唇。

「請、請原諒我……」

「不行喔。年輕女子的鮮血聞起來好美味，讓人難以忍受。」

每個人都用力地吞了口水，會場中響起這樣的聲音。

此刻，女吸血鬼咬了女性莊家的後頸。

簡直就像一種表演。

每個人都目不轉睛地看著吸血鬼吸食人類鮮血的模樣。

臉色越來越蒼白的那位女性無力地囁嚅「救命」，伸出顫抖的手求救。

但沒有人打算出手相助。反倒都在旁邊看熱鬧取樂。

我看向黃炎，他也一副事不關己的神情。

我明白，我不能在這邊惹人注目。

可是我怎麼樣都沒辦法忍受，這種情況下卻沒有任何人願意伸出援手，反倒把不堪的舉動當成表演來觀賞的狀況。我咬緊牙關——

「……住手！她會死！」

忍耐破功，我把女吸血鬼從莊家身上拉開。

「呀！」

女吸血鬼因為突如其來的狀況而失去平衡摔倒，船上乘客因沒能看到死亡的瞬間而「啊啊」地發出遺憾般的嘆息。這個反應令人更加火大。

雖然早就知道，但這個空間真的太異常了。

「什麼……怎麼回事！我想說是哪個傢伙這麼不要命，結果居然是個原本就沒有生命的殭屍？混帳，混帳啊啊啊！」

倒在地上的女性，用白色手套拭去嘴角滑落的鮮血，睜大了眼狠狠瞪著我。

「您沒事吧？伯爵夫人。」

黃炎伸手打算扶女吸血鬼起身，結果那個女的惡狠狠地一把抓住黃炎的領帶拉近。

「你家的玩具很沒家教，黃家的小子！還是這是你的命令？」

「啊哈哈，沒這回事，真對不起呀～夫人。這個小朋友對鮮血的氣味很敏感。」

黃炎搔著後腦嘿嘿傻笑地應對，被稱為伯爵夫人的那個女人怒不可遏。

「把鬧事的殭屍給我交出來！碎屍萬段後再還給你！」

「嗯——這可令人傷腦筋。黃家的殭屍不是玩具，而是家人。被弄壞了大家會很傷心的。」

「閉嘴！你這個殺人的以為我是誰呀！」

女吸血鬼歇斯底里地大吼，握拳用力地往身旁桌子的捶下。原本擺在桌面上的杯子全都摔到地上，響起玻璃碎裂的清脆聲音。

「伯爵夫人，請您冷靜。」

這時，有別的吸血鬼出現安撫她……是凜音。

「這樣你叫我怎麼能夠冷靜？那個殭屍妨礙我吃東西喔！我還沒有滿足耶！」

凜音拉鬆自己的細繩領帶，解開襯衫的鈕扣，露出後頸。

「……請。」

然後，那女人漾開滿足的微笑，雙頰微泛紅暈地靠上凜音的脖子。

「啊啊，凜音。剛剛碰到很多醜陋的人類，還被他們肆無忌憚地打量，讓人心情惡劣。這樣比起來，你真的是很美麗。」

「……」

凜音像在叫我們「快走」，朝這邊使眼色。

下一秒，他的眼睛四周緊繃起來。想必是正在被吸血。

「凜……」

「快走。這邊就交給他。」

馨拉起我的手臂。

到頭來，這個場面是受凜音所救。

黃炎抱起那位女性莊家，叫我們跟著他走。

「那個吸血鬼到底是何方神聖？」

馨開口詢問後，黃炎說：

「赤血兄弟中排行老二，巴托里．伊莉莎白，俗稱『血腥伯爵夫人』。她為了維持自己的美貌及青春，殺害為數眾多的少女，吃她們的肉，喝她們的血，是極為殘忍的吸血鬼。」

接著，黃炎用殺手冰冷的目光低頭看著我。

「真紀，就算妳是想救這個女人，希望也不要再出現剛剛那種行動。這艘船上沒有好人，妳剛剛的舉動非常引人注目。妳……對於現在身陷把自己當獵物的野獸巢穴這件事，最好再多點自覺喔。」

他責備我的語氣雖然沉靜，但透著明顯的怒氣。

「是、是……對不起。」

就連前大妖怪的我都忍不住微微打顫，縮了縮身子，坦率地道歉。

「哈，對妳是個好教訓。平常我怎麼講都講不聽。」

「嗚嗚嗚，馨，你給我記住。」

後來，我們把陷入貧血狀態的女性送到醫護室，才又回到賭場。

那群吸血鬼已經不在了，但因為剛剛那場騷動，周圍對我們的關注確實提高了。

這真是不妙。

就像黃炎說的，我之後一定都要乖乖待著。

而且真的一句話都不說跟著兩個人走，可是……

「哇！」

那群黑手黨吵了起來，想要逃離現場的人潮推擠而來，轉眼間我就跟丟黃炎和馨了。極為靠近的地方響起槍聲。

「受不了，為什麼可以帶槍進來啦。是把槍響也當成一種餘興節目嗎？至少要檢查一下隨身行李嘛……不，要是有這種東西，倒大楣的可是我們。」

這裡果然是跟安穩兩個字無緣的地方。
為了以策安全，我暫時先離開賭場，等騷動平靜下來後，再去找他們兩個好了。
不對，這種時候應該回到房間比較好吧？還是去跟青桐他們會合比較好呢？
不對不對，等等。剛剛在人群裡推來擠去時，假髮有點歪掉了……
「哇！」
正在調整假髮時，突然有人從背後抓住我的手臂，把我拉進走廊的陰影處。
黑色假髮順勢掉在地上，原本的紅髮柔順地披落肩頭。糟、糟了。
「茨姬，不要一個人晃來晃去。這裡很危險。」
不過，聽到那個聲音，我就鬆了一口氣。
原本還打算要將對方扔到九霄雲外讓他失去記憶，但我住了手。
「凜音。賭場裡那些黑手黨起衝突了。所以我跟馨他們走散了……」
「那妳趕快回房間。一到半夜，真正的爭奪戰就會開始了。而且赤血兄弟想要逮住妳。」
我轉過身抬頭望著凜音的臉。
凜音看到我貼著符咒的臉，眼睛頓時微微睜大。他內心細微的動搖，我也感受到了。
凜音果然會從這副模樣聯想到「那個」呢。
「嗯，有一點想起來了。過去的大魔緣茨木童子。」
「茨姬，這副模樣，還是不要的好。」

「你在說什麼呀。這只是裝飾而已。裡面並沒有特別蘊含什麼術法。而且如果沒在臉上貼符咒，大家都會發現我是茨木真紀了吧？」

凜音的模樣跟平常不太一樣。很感傷，而且極為虛弱。

「凜音，剛剛謝謝妳。被那個女人吸血很難受吧？」

對鮮血飢渴是吸血鬼的天性。然而他卻為了救我奉上自己的鮮血。一旦血液不足，吸血鬼就會變得虛弱。

我將自己的頭髮撥到旁邊，解開幾顆旗袍的鈕扣，露出後頸。

「喝我的血吧。算是你救我的謝禮，而且之前約好要給你的也一直都還沒給。」

「可是……」

凜音果然一臉難受的神情。

但他連忍耐的餘裕都沒有了，手臂從後方環繞我的腰際，一把我拉近，就將臉埋進我的後頸。他柔軟的銀髮掠過我的臉頰。

「……唔。」

下一秒，後頸傳來尖銳的疼痛。

他的牙齒緩緩地刺進肉裡，一舔到傷口滲出的血液，吸血鬼的本能就佔據了所有意識，滿腦子只是渴求著鮮血。

「啊……凜，只能這樣。」

我開始頭暈了。血被吸太多了。

我全身虛脫，雙腳張開好不容易才勉強站著，將自由的雙手伸向他的臉。

然後——

「凜音！你是想把我吸成木乃伊嗎？」

我毫不留情地拉住凜音的耳朵。

他回過神，拉開與我的距離，用衣袖拭去沾到鮮血的嘴角，垂下雙眼低聲道歉「對不起」。

我軟軟地坐倒在地，想要扣回旗袍上的鈕扣，但雙手沒有力氣沒辦法對準……

「喂，我帶妳回房間。妳把那個不搭的假髮戴好。」

「你說不搭嗎？我憧憬的長直黑髮。」

「茨姬……還是最適合原來的樣子吧。」

他移開視線，說出不像他的發言。我有一點驚訝。

「在那邊的是凜音嗎？」

就在這時，背後傳來沉穩的男性聲音。凜音驀地繃緊，略為調整氣息，才回過頭。我正努力把假髮戴回去。

「德古拉伯爵。還有……伯爵夫人。」

是那個戴著鐵面具身穿燕尾服的男人，還有古典禮服的女人。

「哎呀？這不是剛剛那個沒有禮貌的殭屍嗎？」

「……是的。似乎是跟主人走散了。靈力耗盡身體動不了的樣子。我想說先幫她找到主人。」

「還有這種事！沒辦法回到家人身邊的殭屍？笑死人了。這傢伙果然是不良品，得帶回去銷毀！」

伯爵夫人闔上羽扇，尖聲笑道。不過神情突然轉為認真。

「……好奇怪呢。我好像有聞到美味小姑娘的鮮血的氣味耶。」

呼～冰冷的吐息朝我襲來。

「新鮮的血的氣味。最高級的血的氣味。活生生的年輕姑娘的血的氣味。」

她搜尋著獵物，目光掃過這邊。我竭盡全力避免去看那雙布滿血絲的雙眼。

「抱歉，那大概是我的緣故。剛剛我稍微吃了點東西。」

凜音站在我的前面，舉起將沾著血的衣袖給她看。

「這艘船上的人類嗎？有擁有這麼美味鮮血的小姑娘在？」

伯爵夫人似乎感到懷疑。

「算了。把那個殭屍交給我。」

伯爵夫人朝我伸出手，不過——

「伯爵夫人，妳克制一點。我聽說要是真的惹火黃家會很麻煩。妳珍惜的美貌和永駐的青春如果不保，我也不管喔。」

被稱作德古拉伯爵的那個鐵面男子，用低沉穩重的聲音，出言威脅伯爵夫人。

伯爵夫人的手頓時停在半空中，不可思議地安靜下來。

「好了，凜音。趁伯爵夫人動手弄壞之前，趕快把那個殭屍拿去還他們。如果我們得手了上等的鮮血，等你回來我們就要來乾杯。」

「啊。對了對了！凜音，我們提早來慶祝吧。明天晚上茨木童子轉世的那個小姑娘，我們要從肚子給她大卸八塊，用新鮮血液舉辦復活慶典。這樣一來，就不用再怕陽光了。」

「……我知道了。」

凜音就直接抱著我離開了。

那兩個吸血鬼似乎從他背後一直盯著這邊看，過了轉角才終於從那道目光中解脫。

「欸……凜音，你是他們的誰？」

「騎士。」

凜音淡淡地回答。我依然躺在凜音的懷裡，只回了一句「這樣呀」。

在個人立場上，我有一點受到打擊。

「我是純日本產的吸血鬼，已經沒有同族的夥伴了。不過海外有許多吸血鬼。雖然特徵跟種族不同，但當時我很好奇其他的吸血鬼擁有什麼樣的社群，過著什麼樣的生活，就去國外了。」

失去茨姬的他，渴望同族是理所當然的。

「不過異國的吸血鬼，各個都極為殘酷。」

「……凜音？」

凜音一直到抵達我的房間之前，都沒有再說半句話。

「真紀！」

在客艙前面，魯正擔憂地等著我。她朝這邊跑來，從凜音手中接過虛軟無力的我。

「茨姬，就算有什麼萬一，我也會想盡辦法避免妳落入他們手中。」

然後凜音就一個人回去了。想必是回到那些吸血鬼的所在之處。

「喂，真紀是怎麼回事！」

馨跟黃炎也回來了。我臉色發白，所以馨立刻就發現了。

「被吸血鬼吸血了嗎？」

「等等，沒事。是凜音喔。我只是給他約定好的東西。」

「凜音？」

馨看到我凌亂的旗袍，臉上的表情十分複雜。

「那傢伙……那個欲求不滿的混帳！下次遇到我要給他一拳！」

「馨，馨，你冷靜點。」

我也不是不能理解馨會吃醋，但凜音當時根本顧不到這種事了。

「凜音剛剛不是救了我們嗎？因為他被那個叫作伯爵夫人的女吸血鬼吸了很多血，變得很虛弱。」

那個時候，要不是凜音挺身而出，大概會發展成一場大騷動。

「他……到底打算待在赤血兄弟那裡做什麼呢？」

凜音一向有很多摸不透的行動，但全部都跟茨姬有關。

我一直是這麼認為的，但這只是我自以為是嗎？

他真正在追尋的，究竟是什麼呢……

「話說回來，津場木茜，你在幹嘛呀？」

「我可沒空聽你們家夫妻吵架啊。為了避免睡覺時有刺客來襲，我正在架設結界。啊，晚餐的便當放在那裡。」

晚餐。我一聽到這兩個字，肚子就不爭氣地叫了起來。

我立刻狼吞虎嚥地大吃陰陽局準備的橫濱名產——崎陽軒的燒賣便當。

吃完飯後甜點是月華棲特製的月餅，再啜飲溫熱的茉莉花茶，淋浴完畢後就立刻上床睡覺了。

畢竟我必須讓血液和體力都完全恢復，以應戰明天。

○

身陷火海的帝都正中央，佇立著一個女鬼。

什麼都沒有拿回來。
即使這般不停戰鬥，也找不到那個人。
好痛苦。好寂寞。
好想回到幸福的過去。
好想再見那個人一面。
因無法實現的願望而哀嘆，可憐的惡妖。
地點是淺草。我最後抵達的終結之地。
我敗給那個男人，放棄一切，深陷絕望，只是一心祈願來世能獲得幸福。
就這樣往下沉、往下沉、往下沉——
我抱著心愛的人的刀，朝著幽暗的死亡國度，往下沉。

○

「……唔。」
我喘著氣，爬起身。
「又來了。又是那個夢……最近每天都會夢到。」
夢境是有涵義的，特別是強大靈力持有者的夢。

夢境展現了惡妖時代的自己。我一點都不想去思考那代表著什麼意義，但感覺是要告訴我什麼事情。

老實說，我很害怕。

在現在這個搞不好會失去重要事物的局面，夢見那段過往使我非常害怕。

那種心情我不想再嚐到第二次了。

如果是這樣，就不能做錯選擇。

往日墮落至漆黑深淵的自己，似乎在夢境的另一頭如此說著。

我下床走向隔壁房間，拿起擱在那兒的水瓶往玻璃杯倒水，一口氣喝乾。咕嚕咕嚕流過喉嚨的滋潤甘霖暢快又舒緩，冷卻了發熱的身軀。

現實世界十分寧靜。我終於漸漸平靜下來……

突然，我發現月光特別皎潔明亮，便打開陽台的窗戶。鑲滿璀璨寶石般的星空震懾住我。

月光亮得簡直有些刺眼。光芒射向寬闊無垠的海面，畫出一條閃閃發光的通道。

「真紀，妳睡不著嗎？」

不知什麼時候，馨已經從隔壁房間陽台探出臉來。

我還在疑惑他何時出現時，他就準備從隔壁的陽台翻過來了。

「欸、欸～太危險了！你就算摔到黑漆漆的大海，我也沒辦法救你喔？」

「那種時候我會自己想辦法啦。」

接著，他輕而易舉地跳了過來。不愧是前大妖怪……

「馨，你也睡不著嗎？」

「有一點。」

馨站在我身旁，淡淡地應著。

不過，或許是闖入異於平常的世界而產生的迷惘，還有對於接下來情況發展的擔憂，到了夜裡不禁一一浮現心頭。

還是像我一樣，因為關於過往夢境中複雜難解的心緒跟情感而驚醒呢？

「是呀。忍不住會想很多呢。畢竟這次跟過去的事件不同，關乎到好幾個重要的人的性命。」

「會擔心呢。」

「嗯……特別是組長。」

滑瓢老爺爺說被抓的淺草地下街成員全都死了。

確實，組長他們如果被抓，留著活口對敵方也沒有好處。

搞不好現在這個時刻，他們就正被凌虐，性命遭受威脅也說不定。

真恨不得現在就立刻衝去救他們。

「組長他們還活著喔。我有這種感覺。」

「為什麼？」

「他不是會死在這種地方的人。而且最重要的，他身上有淺草七福神強大的加護在，因為他長年積累了許多功德呀。」

馨可能是為了讓我放心才這麼說。

可是不知為何，總覺得他的話非常有說服力。

「也是。淺草的神明應該不會對組長見死不救。欺負他的人，肯定都會遭到天譴。」

「嗯。不過他沒辦法自由行動這點應該是確定的，所以明天一到島上，就按照計畫行動，立刻把他們救出來。明天，我想毫無遺漏地把每一個人都救出來。」

「……」

想毫無遺漏地把每一個人都救出來……嗎？

這句話讓人感覺往昔大江山的酒大人又重生了。

我們接下來打算要做的事，或許依然遵守著從那個時代開始延續的，酒吞童子跟茨木童子的誓言也說不定。

「真紀，我現在的心情非常不可思議。明明時代跟情況都不同，但這次的行動讓我想起過去為了拯救妖怪跟人類戰鬥的日子。」

「馨……」

過去，我們痛恨人類。因為他們總是追殺妖怪。

「可是，跟當時有點不一樣呢。敵方有人類也有妖怪，夥伴中也有人類和妖怪。不，或許從以前就一直是這樣才對。難道我們就是因為一味地區隔人類跟妖怪，所以才會步上毀滅的道路嗎？」

「搞不好……真的是耶。不過感覺現在的我們比起當時，多了那個時代沒有的選項。轉生成為人類，確實讓我們獲得了些什麼。」

馨凝視著自己的手。

他的口吻很平靜，但話語中蘊藏著真切的情感。

獲得了那個時代沒有的選項嗎？

我確實有感受到這件事。就像那個時候，根本不可能考慮跟像陰陽局這樣的退魔師組織合作，然而現在卻非常信任他們。

這樣一想，擔憂也稍稍緩和下來。沒問題的。我們要救出大家。

我抬起臉，發現馨的目光一直盯在我後頸上。

「啊啊，被咬的傷口？已經沒事了喔。阿水給我隨身攜帶的傷藥，我有把它帶來。睡覺前有塗，所以明天應該就會好了……」

這時，馨突然撩起我的頭髮，像是將我整個人覆蓋住般地把我抱緊，順勢在傷口烙下一個吻。

「馨、馨！」

這個舉動太不像馨。我嚇了一跳，不禁渾身僵硬。但就這樣被馨的手臂緊緊環繞住，感覺也不壞。

「好苦……」

「嗯。應該是吧。剛不是說了有塗很多阿水的傷藥。」

「真是的。凜音那個混帳留下的咬痕上，又有水連那混帳的苦藥嗎？茨木童子的眷屬好像每個都在跟我作對。」

「說什麼傻話啦。你意外地獨佔欲很強耶。明明平常在那些眷屬面前，都一臉很有餘裕的模樣。」

「啊——那只是裝成有餘裕的樣子。這個傷就不行了，完全沒辦法冷靜。」

「……馨。」

我抱緊馨的腰，將臉埋進他的胸膛。

「別擔心。我的愛不會用盡的喔。」

那份愛有時候也會給予眾多妖怪，但對馨的感情是特別的。特別的，最恐怖又尊貴的。

如果沒有愛上你，我現在根本不會身在此地。

如果沒有愛上你，當時應該能死得更輕鬆吧。

我身上還有馨所不曉得的部分存在。

因為對酒吞童子的愛而發狂的我，有一天你終究會知道的吧。

「那個，馨。」

「……嗯？」

「那，那個……」

現在的話，我似乎能夠坦白過去的事。

但就算我張開了嘴，原本想說的話、那些心緒，還是一個字都講不出來。

過往的茨姬似乎在背後瞪著我。

拜託。別說。我還不想讓他知道——

「沒，沒事。我有點想睡了。」

「真是的，回房間好好睡吧。妳現在又有點貧血。」

「嗯。馨，你也要小心別吵醒津場木茜。」

我們各自回房。

後來，我沒有再作惡夢，沉沉地睡去。

隔天早上，黃家的殭屍「春麗」拿著一大把招待入場券回來。

是那個在月華棲入口迎接我們的女孩。

「不愧是春麗伯母！暗殺只是小事一樁呢。」

「我按照晚宴中獲得的情報，從那些想買茨木童子的黨羽手中搶來的。根本不是我的對手嘛。」

雖然外貌年幼，其實是黃炎的伯母嗎……

就算沒有招待入場券，只要從郵輪下船，就可以進入會場。她是為了以防萬一才去搶來的嗎？

跟我們手上的入場券加起來，剛好是五十張。真是行事萬無一失的家族。

第五章 寶島拍賣會

用狹間結界建構出的那座島，通稱為「寶島」。
抵達的時間是出航隔天的傍晚，我們陸續登上島後，被帶到位於島中央的巨大建築物裡。
聽說從郵輪下船的人，大約只有上船人數的一半。
要說是為什麼，因為昨天晚上悄悄被殺了。為了爭奪招待入場券囉。
「不過黃炎，我們又沒有要參加競標，為什麼要收集五十張入場券呢？」
「那個呀，是為了要拿到型錄。」
「型錄？」
這點由青桐向我說明。
「依招待入場券的張數，可以拿到的型錄等級不同。如果想要青銅級的型錄，需要五張招待入場券。想要白銀級的型錄，要十張入場券。如果是黃金級的型錄，就要三十張入場券。而鑽石級的型錄就需要準備五十張了。只要拿著那本型錄，就可以參加刊載在型錄上商品的競標。」
黃炎接下去補充：
「我們雖然沒有要參加競標，但想知道這次有什麼商品呀。只要有一本鑽石級的就足夠了，裡面囊括了所有商品喔。」

會場是一個寬敞的大廳堂，前方有座舞台。今天要被拍賣的妖怪和非人生物會一一出現在那上頭吧。

此外，階梯式座位上還設有小螢幕。

聽說螢幕上面會顯示商品的詳細資訊，跟最低拍賣價格。

除了型錄裡刊載的內容，還有一些是當商品出現在眼前之後，才會新增的資訊。

參加競標時似乎要使用這個螢幕。

「欸，青桐。我覺得有一點很不可思議，現場所有人類全都看得見嗎？妖怪、海外的妖精、或是魔物。」

「原本就有一些是像人魚那樣可以被人類眼睛捕捉到的存在，但也會拍賣很多一般人看不見的生物。這種情況下會戴上特殊眼鏡，讓自己變得『能夠看見』。」

「啊啊，現場有很多人戴著太陽眼鏡，原來不是因為是流氓呀。」

「話說回來，基本上正因為是『看得見』的人類，才能到得了這個拍賣會現場。令人嘆息的是，有一些獨立的退魔師也會參加這類拍賣會，以獲得強大的使魔或式神。」

青桐打從心底無法饒恕那類傢伙，這點可以從他身上漏出的靈氣窺知一二。

「喂，茨木，有妳喔。」

從剛剛就啪啦啪啦地翻著型錄的津場木茜，把刊載著我的那一頁拿給我看。

真的耶，是我。是被穿上華美的和服拍下的照片。

這等美貌，肯定每個人都想要購買我吧？不對，是買由理？

啊。在前面幾頁處刊有阿水。上面的介紹也提到中國時代的水蛇傳承什麼的。還寫著特別推薦跟茨木童子轉世的姑娘成套購買！

「嗯？最後一頁這個神祕商品是什麼呀？」

品項名稱只寫了一個「？」，令人摸不著頭緒。

「這類拍賣會都一定會有神祕品項喔。通常會在拍賣會尾聲拿出來競標。沒有事先透露情報的競標商品，通常都是貴重珍品，所有人都會腎上腺素衝腦，展開熱烈的競標喔。也有些人會因此而自取滅亡～」

黃炎從後方座位探出頭向我說明。

「非人生物拍賣會呀，一天有多少金額在運作呢？」

「聽說最低五十億美元，最高兩百億美元喔。」

「兩、兩百……億？」

「真紀妳等一下。讓我提醒妳，單位不是日圓，是美元喔。」

「咦？什麼？美元？」

這數字對我來說實在太大，到底是日圓還是美元已經無所謂了。旁邊的馨則埋首計算起來。

聽到常人難以想像的大規模金錢在這裡流動，緊張感直線上升。

貴婦跟黑手黨，還有大妖怪們，齊聚在一個空間中，盡情享受一晚的黑暗拍賣會。

為了滿足各自的欲望，甚至將活生生的生物稱作商品，進行交易。

這真是一場想要徹底破壞的宴會呢。

「我開始有幹勁了，馨。」

「妳全身都散發出殺氣耶。」

「畢竟我們都從淺草來到這種地方了。周圍全是敵人，我們今天晚上就要像千年前一樣在這兒大鬧一場喔。」

奪回重要的人。

狠狠破壞那些參加者的欲望，讓他們再也不敢幹這種勾當。

「各位先生，各位女士！」

會場暗了下來，舞台中央打上了聚光燈。

「非常感謝各位今晚聚集在這裡喵！司儀由在下『金華貓』擔任喵～」

站在那兒的，是一位身穿鑲滿亮片的短洋裝，貌似青春偶像的貓耳貓尾少女。

「是金華貓大人。」

「她為什麼會在這種地方？」

「她跟波羅的．梅洛有關係嗎？」

周圍紛紛交頭接耳，鼓譟起來。

金華貓。有名的中國大妖怪。

而且我還知道，她是水屑的手下。

「首先——從青銅級的商品開始喵！」

在沉穩的暖色聚光燈照耀下，青銅級的商品一一被介紹上台。

青銅級裡沒有妖怪，似乎是以具有特殊背景的骨董、有歷史價值的靈力遺產跟提升能力的道具為主。食人壺、會動的繪卷、魔女的詛咒茶具、煉金術打造的寶石、寄居蟹的珍珠、在埃及發現的磐石、不死鳥的尾羽等。奇異珍物接連出現，我也不禁看到入迷。

不過最後一個展出的商品，讓在場所有人都「啊」地小聲發出慘叫。

「這是十六世紀製作的銬問器具鐵處女！不瞞各位，賣家就是別名血腥伯爵夫人的吸血鬼巴托里．伊莉莎白大人喵～吸乾無數青春少女的鮮血、痛苦與慘叫，真貨中的真貨。來吧，大家出價吧～出價～」

眼見金額不停攀高，從遠處座位傳來那個吸血鬼尖銳的笑聲。

她的崇拜者似乎不少，鐵處女以目前最高價結標。

接下來是白銀級的競標。

聚光燈轉為雪花般閃閃發光的白銀色，一位穿著同色洋裝的女性推著小推車，將一個方形的籠子運到舞台中央。

那叫聲好熟悉呀。原來是淺草的那群手鞠河童。

「住手～」

「隅田川的手鞠河童又臭又髒，最糟糕惹～」

河童們搖晃著柵欄，掙扎著想逃出去。

他們全都發著抖哭成了淚人兒。

「……唔。」

好想趕快救他們離開那裡。一股衝動湧上心頭，我幾乎就要站起身。

但馨握住我的手提醒：「現在還要忍耐。」

忍耐。現在還不能衝動，要忍耐。

「喵哈哈，很有精神。日本的小妖怪，手鞠河童。河童是耳熟能詳的生物，但現場或許也有人沒聽過手鞠河童喵～」

金華貓從籠子裡抓出一隻手鞠河童，用單手舉高，向全場展示。

「請看。他們的身體柔軟有彈性，還被稱為日本妖怪界的史萊姆！」

「啊啊——不要呀～我們雖然很廢，但可不是史萊姆～」

「如各位所見，他們會講話，是這幾年特別受歡迎的寵物妖怪喵。體型雖然小，卻富含營養，所以也非常適合拿來當作式神或使魔的食物。淺草隅田川的手鞠河童營養價值又特別高，是上等貨喵。非常推薦～」

沒想到競標價格居然快速爬升。看起來相當受到獨立退魔師跟狂熱愛好者的喜愛。

白銀級就如這般，是以低級到中級的非人生物為主。

狸妖跟雪女、一反木棉跟一目小僧等，在淺草抓到的妖怪們接二連三地被介紹出場，然後又相繼被標下。

讓我留下強烈印象的是，一隻在美國被抓的男狼人在籠裡發狂掙扎而遭受鞭打的模樣。同種族的魯不曉得是不是想起自己的過去，身體微微發顫。

那是恐懼，和憤怒。因這兩種情感而生的反應吧。

「魯，妳還好嗎？」

對於顫抖的魯，青桐出聲關懷。

「啊、啊啊。抱歉。青桐，我……」

「妳不用擔心。這些傢伙有一天肯定會遭天譴的。」

青桐的話淡然而平靜，但清楚顯示他也在「忍耐」。魯聽到他的話，情緒就平穩了下來。可見她非常信賴青桐。

好了。白銀級商品的競標結束了，接下來終於輪到拍賣黃金級跟鑽石級的各種商品。

「從現在開始，全是跟剛剛截然不同的貴重商品喔，可以當作大部分人都是為此而來的。」

正如黃炎所說，世界各國珍貴的非人生物、幻獸、魔物、妖怪等，伴隨著華麗的演出及解說，以鮮豔的裝扮出現在舞台上。

在北歐森林捕獲的雙胞胎精靈、在希臘森林發現的年幼獅鷲、在北海道發現的地精、三頭地獄犬賽伯拉斯……

還發生一起，火蜥蜴沙羅曼達從籠子的間隙朝著賓客席噴出猛烈火焰，會場頓時熱氣蒸騰，趕緊讓雪女出場冷卻會場的騷動。

然後，聚光燈的色彩驀地轉變。

五彩繽紛的光芒在空中閃耀，營造出特殊的氛圍。

「各位，久等了！接下來就是波羅的．梅洛超級自豪的，美麗人魚們出場啦喵～」

會場的情緒達到最高點。可見為人魚而來的人有多少。

「最近數量銳減的人魚～看起來好好吃呀喵～哈，不對不對。」

出現在場上的是三隻美麗的人魚跟一隻擁有七彩鱗片的稀有人魚。

眼見四周紛紛出價，渴望得手的人類們猙獰的神情，我極力按捺住內心翻騰湧起的情緒，狠狠瞪著他們。

我想起上次阿水帶我們去立川那棟宅邸見到的人魚蕾雅。當時聽說她也是在人魚市集競標買來的。

外貌美麗的人魚們啜泣著哀求放了她們，但沒有人在意她們的呼喊。

由於人魚數量一直在減少，這裡聚集著儘管價格不斐也想要入手的傢伙。

在這個世界中，購買美麗人魚似乎是一種地位的象徵，因此每個人都想要。

太愚蠢了。居然為了向別人炫耀，沉浸在優越感之中，而購買一個生命。

我太過憤怒，甚至有種想要嘔吐的感覺。

快。快。快。徹底砸爛這種地方，把大家帶回淺草。

所以現在要再撐一下。再一下……

「喂，真紀。下一個是阿水喔。」

我低下頭等待人魚的競標結束，馨突然用手肘推了推我，我抬起臉看向舞台。

阿水……終於下一個就是阿水要被競標了。

阿水在只有銬著手銬的狀態下，大步走到舞台正中間。

那個叫作雷的狩人用咒杖頂著他，一把阿水帶至定位後，就立刻退到後方。

阿水的靈力似乎遭到封印。不過，沐浴在聚光燈下的他不知道為什麼，展露嬌媚可愛的笑臉，興致高昂地自我介紹。

「哦──享受這場人神共憤低級拍賣會的各位，晚安。我是妖怪水蛇，茨木童子的前眷屬水連！」

不管是我們，還是會場中的人們，全都愣在當場。

「說到我的賣點呀，就是女士們肯定會愛不釋手的這張俊俏臉蛋，還有千年來累積的豐富藥學知識。最重要的是，身為日本大妖怪──茨木童子大人的前眷屬這個名號，還有擁有半神格的珍稀大妖怪吧。如果你想要征服全世界，歡迎找我談談喔～」

突如其來的阿水一人舞台。就算狩人又走上來，用咒杖指著他的喉嚨威脅「你少開玩笑」，阿水還是悠哉地說「展現自我是很重要的呀～」。簡直就像一場相聲表演。

「喂，真紀。妳的前眷屬居然在推銷自己耶。」

「他、他到底在想什麼呀？阿水。」

我們如坐針氈。雖然用話術愚弄他人這點很符合阿水的風格，但也要看時間和場合吧！

「喵……以拍賣品來說精神真好呀。這個可是在淺草抓來的中國大妖怪水蛇喵。他已經主動自我介紹過了，不瞞各位，他是茨木童子的前眷屬，活了一千年以上，是個地位崇高的存在喵。接下來～」

金華貓露出不懷好意的笑容，螢幕畫面突然切換。

神祕商品——沒錯，上面大大寫著這幾個字。

「沒錯，出現了～在這裡突然要出場的就是『神祕商品』喵！」

會場譁然騷動起來。一般來說，應該要先展開阿水的競標，但在團團擴散的白煙中，舞台地板軋然作響地打了開來。阿水連忙退到一旁，那個狩人也走到側台，避免干擾舞台效果。

「各位請放心。接下來這個因為某些緣故，上舞台的工程有點浩大喵。」

從下方漸漸浮上來的，是用鐵鎖及柱子固定，令人不忍直視的「藤樹」。

垂著無數串絕美的淺紫色花朵，樹根處佇立著一位少女。

穿著如同洋娃娃般縫著波浪形滾邊的服裝，藤色捲髮的少女。

看到那位少女的身影，我跟馨一時都說不出話來。

「欸……為什麼，木羅羅會在那裡？」

那是茨木童子的四眷屬之一，藤樹精靈「木羅羅」不會有錯。

「黃金神祕商品。在富士樹海找到的藤樹大精靈，也是茨木童子的前眷屬，擁有守護大規模結界的力量和附加能力喵。而且她的外表非～常可愛喵，金華我也喜歡～」

背負著藤樹的「木羅羅」壯闊的存在感，席捲了所有人的目光。

可是，當事者本人卻以美少女的姿態，突然趴下來捶著地板哭喊。

「啊～討厭～因為俺很漂亮就要被賣給這種傢伙，才不要啦——噁心的傢伙逼俺穿這種輕飄飄的衣服，還對俺動手動腳的～討厭～丟臉死了～不想活了，不想活了啦！」

阿水趕緊跑過去，「好啦～乖喔乖喔」地安慰她，結果她就趴在阿水身上大哭起來。

「欸，阿水，咱們會變成怎麼樣呀？俺是不想活了，但在死之前，至少想再見到大江山的大家呀。可愛的茨姬，如果能再次見到她，俺……」

木羅羅。

我恨不得現在就衝上去緊緊抱住妳。

好想告訴妳，我就在這裡，沒事的。

馨緊緊握住幾乎要衝向前的我的手，制止我的行動。

沒錯。還沒。還不能露面。但我已經幾乎忍耐到極限了……

「啊～看起來茨木童子的前眷屬好像多半是自戀狂喵～現場氣氛有點感傷，這裡再給大家一個驚喜。我決定幫她實現願望喵！」

「！」

聚光燈的色彩又從金色，轉換成併發強烈光芒的鑽石光輝。

面對喧譁鼓譟的賓客，金華貓抬高音量。

「工作人員～把那個帶上來喵～」

在阿水跟木羅羅都在場上的狀態，被其他狩人帶出場的是，我。

不，是假扮成我的，由理。

如星塵般灑落的光線下，他穿著純白簡約的洋裝，以藍玫瑰襯托出一頭紅髮佇立著。

那副美麗的姿態，就連擁有同一張臉蛋的我也看到出神。

「不愧是由理。絕世美少女耶。」

「居然抓走那麼楚楚可憐的少女，真是些卑鄙的傢伙。」

「馨、津場木茜，你們旁邊就坐著長得一模一樣的人喔。」

由理假扮成我的模樣，還刻意展現出憂愁不安的神情。

所以看起來才會更像一位夢幻美少女吧？

只是，同個舞台上，阿水跟木羅羅受到的驚嚇非比尋常。

他們不曉得我也會在拍賣會中被拍賣吧。

扮成我的由理，朝他們小聲說了些什麼，再將食指輕按在嘴唇上。那僅是一瞬間的舉動，會場裡的人應該都沒注意到發生什麼事吧。
由理大概是在告訴他們，而阿水跟木羅羅也都發現了。
那並不是「我」。
「本日主打超強主打！居然把人類女孩帶到非人生物拍賣會上，我們也真是壞死了！喵哈哈！」
金華貓輕盈地左跳右跳，炒熱現場氣氛。
「不過她可不是普通的姑娘喔。她是那位最有名的日本大妖怪，茨木童子的轉世喵！想要當寵物養也可以，想要娶來當媳婦也可以，想要榨乾她的鮮血暢飲也可以，或是整隻烤來吃也沒問題。茨木童子擁有超級危險的破壞力，只要能馴服她，就會成為強大的僕人吧。另一方面，她的鮮血是極品甘露。聽說只要喝下她的血，無論人類或妖怪都能獲得龐大的力量。那麼，三人一組購買的優先！競標開始～」
現在，終於要開始阿水、木羅羅跟茨木真紀的競標了。
畢竟是三人成套購買，喊價以最高規模不停攀升。
「……」
對於眼前這幅光景，我完完全全無法理解。
在這裡的這群人，對於茨木童子這個鬼，究竟抱持著什麼樣的幻想呢？
「啊哈哈哈哈哈哈！這金額真是不得了耶。太棒了太棒了。拋下理性的束縛，盡情地瘋狂吧！啊哈哈哈哈哈哈！」

看著不斷躍升的數字，阿水高亢地嘲笑。

不過他笑完之後，驀地露出不帶感情的空虛眼神。

「……但太過愚蠢了。不只是我們，居然還替茨木童子大人標價錢。」

他的態度跟剛剛高揚的興致有著劇烈反差，聲音和靈氣都一口氣降至冰點。

「你們應該要在來這種地方之前就發現才對吧。自己在做的，是多麼沒有自知之明的事。」

那股令人毛骨悚然的，妖怪的駭人氣勢，應該現場所有人都感覺到了吧。

直到剛剛都還興奮喧騰的會場，在蛇眼的瞪視下頓時鴉雀無聲。

「你們不了解真正的『怪物』有多恐怖。根本什麼都不曉得。慈悲又溫柔，還是世上最美麗的那一位，她的愛與恐怖之處。你們之後肯定會後悔吧。最好將世界上最尊貴的她的身影深深烙印在腦海，後悔到死吧！」

阿水一說完，就被那個「雷」用咒杖擊打，倒在地上。

「給我差不多一點，怪物。不然我割斷你的喉嚨，讓你再也不能講話喔。」

阿水的額頭汩汩流出鮮血，然而，他一臉得意洋洋地笑著。

因為阿水準確地在會場中找到了我，一直望著我。

就像在問「妳準備好了嗎」一樣。

我跟馨對望一眼，然後在一片混亂中，靜靜掏出那個藥，一口喝下去……

「各位，那個……我可以說幾句話嗎？」

這時，原本一直保持沉默，假扮成我的由理，一臉抱歉地舉起手。

「茨木真紀，什麼事？妳想跟那隻水蛇一樣被揍一頓嗎喵？」

「不，那個，不是。」

這次由理將聲音乘著言靈，讓全場的人都能聽見。

「『不是我』。我不是茨木真紀。」

然後由理立刻解開變化之術，翩然揮動美麗的純白翅膀。

出現在那兒的是，佇立在宛如月光一般、籠罩住星塵的聚光燈光芒之下，優雅清麗的鵺。長長的羽衣隨著清澈的靈力搖曳著，那位妖怪展露微笑。

無論是金華貓、旁邊的木羅羅，還是會場裡的每一個人，都因為這出乎意料的發展而杵在原地。然後又一口氣喧鬧起來。

「喵、喵喵喵！為什麼為什麼？我們明明有仔細調查過是不是妖怪假扮的呀。」

「啊啊，妳說那個甘露艾草煎成的藥嗎？我怎麼可能因為那種東西就露出真面目。就是因為喬裝的外皮不會這麼輕易就剝落，我才能被稱為喬裝的天才呀。」

由理將手指按在唇上，嗤嗤笑了起來。露出有些壞心的表情。

「嘖。原來如此。從你的真面目來看，是喬裝的天才『鵺』嗎？」

金華貓立刻看穿由理的真實身分。她向一旁使眼色，低聲吩咐了幾句話。

她的表情，已經完全沒了方才為止的甜美。

會場中咒罵聲不絕於耳。

「這是怎麼回事！」、「真正的茨木童子轉世在哪裡。」、「叫主事者出來！」、「把你們丟到地中海喔！」諸如此類，淨是些沒創意的抱怨。

「喵、喵喵喵，各位請冷靜。我們的精銳狩人部隊會立刻將這些傢伙全部抓起來嚴加拷問——」

「哦～狩人，呀。」

「喵？」

毫無預兆地，一個神祕女子躍上舞台。嗯，就是我。

每個人都心想這下又是在演那一齣了吧？

不過這時，我已經不是殭屍打扮了，甚至也不是茨木真紀。

那個女人是誰呀？臉上寫滿疑惑的無知人類。

一臉不可置信的妖怪。

還有像在說「等妳好久了」的阿水跟由理。

那個壓制著阿水的狩人雷，想要來處理眼前的狀況，但由理一句「不准動」，就以言靈制止了他。他只能咬牙恨恨地待在原地。

「喵，喵，妳……」

「好久不見了，金華貓。水屑又頑強地復活，在打什麼壞主意了嗎？」
我銜著金華貓露出諷刺的惡意笑容。
金華貓伸出抖個不停的手指指著我，忍不住對著麥克風放聲尖叫。

「妳怎喵會在這裡？茨木童子啊啊啊啊啊啊！」

會場再度鼓譟起來，到處都鬧哄哄的。
茨木童子？這次是本人嗎？還是又是假貨？為什麼？
「啊哈哈哈哈，為什麼？妳問為什麼？啊哈哈哈哈哈！」
我嘲笑一切。這個現場的一切。
宛如往日的茨木童子般，冰冷地嘲笑。
「別笑死人了。我只是來接收你們此刻想要在這裡獲得的一切呀。畢竟，我們是大江山的山賊。是不是？酒吞童子大人。」
已經踏上舞台，走到我身旁來的，是一個器宇軒昂的黑髮鬼。
他也帶著刀，黑色羽織外衣隨風飄揚。
「她說酒吞童子！」
「怎麼會……這種事，不可能……」

「酒吞童子應該已經死了。可是那個超乎常理的靈力……」

原本低聲的竊竊私語，漸漸地、漸漸地，越來越大聲。

懷疑和畏懼，還有無可救藥的欽羨。還有一些妖怪情緒過於激動，發起抖來。也有一些機靈的傢伙已經準備要逃出去了。

因為眼前這位美男子，渾身散發出等同於大妖怪的靈力，實在不可能是假貨。

「……」

我跟馨，不，茨木童子跟酒吞童子轉向彼此，電光石火間，凝望著對方。

啊啊，我親愛的丈夫，酒吞童子大人。我一直、一直好想見你。

不過現在還不能哭泣。我們接下來有必須要完成的事情。

「是說，你為什麼比我晚了一拍才上場呀。」

「抱歉，半路上草鞋掉了花了一點時間，不過——」

就連慣例的拌嘴也迅速收尾，我們氣勢凌人地睥睨全場。

已經不用再忍耐了。不用再看那些孩子們受苦了。

在場的所有人、所有人、每一個人——就讓你們見識「大妖怪」真正的恐怖之處。

「我們的名字是酒吞童子及茨木童子。」

「那——讓我們開始這場盛大的宴會吧！」

慘叫聲代替了祭典音樂，響徹全場。
人們宛如舞動般，慌亂竄逃著。
瘋了。不可能。他應該死了。應該死了才對。
他們不可能會出現在這裡！
明明每個人都這樣想，卻又不由得心生畏懼。
當然。那兩隻鬼確實死了，但我們是他們的轉世，如果連外貌都相同，看起來就幾乎「一模一樣」了。
會震懾不已的，就表示他們是真正有實力的傢伙。
搞不清楚狀況的只有那些連妖怪的駭人之處都不瞭解，就跑來這種地方湊熱鬧的愚蠢人類。像金華貓早就不曉得開溜到哪兒去了。
最好受點慘痛的教訓。
就跟那些被帶到這裡的可憐生物一樣。
「茨姫？」

背後傳來惹人憐愛的聲音，囁嚅著我的名字。
「是茨姬嗎？俺是在作夢嗎？」
是木羅羅。她拖著銬住自己的鎖鏈，朝我的方向爬過來。
「木羅羅，這不是夢喔。就算這副模樣是虛假的，我還是『真貨』。我就在這裡。」
我將手放在胸口，對著木羅羅展露豪氣萬千的笑容。
她應該明白。我還是「我」這件事。
「我一直、一直好想見妳，木羅羅。我從來沒有忘記妳。」
「俺也是喔，茨姬。聽說妳死了，俺傷心得要命。但俺很擅長等待，一直相信有一天一定還會再見面的。不過沒想到這麼快，就能再見到妳了。」
千年前，在大江山繽紛綻放的巨大藤樹。
那是被稱為「鬼藤」，會吸乾附近生物生命力的魔性化身，但寄宿在上頭的精靈卻是個怕寂寞又愛講話，而且很體貼的孩子。
『大家都會毀滅的喔，所以你們不能過來。什麼要在這種地方建造一個國度，不要再想這種愚蠢的事情了啦——』
這般忠告的藤樹精靈，茨姬每天都會過去看看她。

聽她講話，天南地北地聊，偶爾也會吵架，但最終都會慢慢和好。

對木羅羅來說，茨姬是第一個朋友，也像是最親愛的女兒。

雖然很多時候像是相反的，但對木羅羅來說，茨姬是女兒。

給予等同於關懷親生孩子的愛，守護我們的理想，奉獻自己幫助我們的眷屬——

「不准動。」

有聲音響起，數不清的槍口正對準我們。一群緊握手槍的黑衣人，從會場後方的門同時衝進來。

最糟糕的是，那個狩人雷拿阿水當盾牌。

他突破了由理的言靈，能夠自由行動了呀。這傢伙真不得了。

「那根棍子打下來是很痛啦，但應該殺不了我喔。」

「閉嘴。我砍下你的頭喔。」

雷抵住阿水脖子的那根咒杖，形狀變成一把刀。那把黑色的刀。

看來是擁有多樣形貌的武器。

「開火。」

雷的一聲號令，那群黑衣人就毫不留情地朝我們開槍。

槍響不絕於耳地響了一會兒。

「！」

但那些子彈全數都被看不見的屏障彈飛了。

簡直就像無重力空間一般，飄浮在虛空之中，開槍的那些人全都大驚失色。

只聽見馨淡淡誦念的聲音。

「開啟，狹間結界——『影刺之國』。」

周遭的景色頓時轉變。

那裡不再是華麗的拍賣會會場，而是空無一物的純白世界，只有一顆巨大太陽高掛在地平線上方。

馨舉起單手，輕輕往下一揮，飄在半空中的無數子彈如同冰雹一般從正上方砸下，擊中在場那些人的影子。

只有雷趕緊放開阿水，身手矯健地閃避，為了避免被馨的狹間結界捲進去，從這個場域退開。

跑得真快。順帶一提，原本瞄準雷的子彈，轉而射向他放開的阿水手上的手銬，還給他自由。

不過……

那些影子被鎖死，行動自由遭到封印、樣貌滑稽的惡棍，排在眼前就像一場市集。

他們越是掙扎，就越會遭自己的影子蠶食鯨吞，在啪哩啪哩的聲響中逐漸被吞沒。

簡直就像螞蟻地獄一樣。

四處都傳來劇痛的慘叫，但我完全沒有想要救他們的意思。

畢竟那些影子正是他們自身的欲望。參加拍賣會的每個人正在體驗的恐怖，就跟他們欲望大小成正比。

要堅強點呀。不然會發瘋喔。

「影刺之國……你拿出的這個狹間結界，名字讓人好懷念喔，馨。以前在戰場上我們是用漫天飛舞的刀刺向影子就是了。」

「是我在酒吞童子時代做的，這個狹間能讓敵人體驗到模擬自身惡業帶來的死亡。讓這些傢伙受點懲罰只是剛好吧。」

原來如此。好嚴酷。

馨接著在手掌上另外做了一個小型結界，保護巨大的藤樹。

「圍繞。」

四方形結界在轉瞬間就包圍住巨大的藤樹，又驀地收縮。

變成一個掌心大小的透明方塊，收在馨的手中。對於搬運大型物件，馨的結界術超級方便的。

「木羅羅，妳在裡面稍等一會兒喔。馬上就會放妳出來的。」

身在透明方塊中的木羅羅，用力點了點頭，聽話地乖乖待著，簡直就像一隻小妖精。

——好了。接下來就是最主要的戰役了。

〈搶回妖怪大作戰～揍扁所有壞蛋～〉

．在橫濱潛入開往拍賣會會場的船（我、馨、青桐、魯、津場木茜、黃炎）。

．登島後，參加拍賣會。見機擾亂會場。

★馨要將寶島的所有權搶過來（最優先）。

．各自臨機應變地打倒敵人。↑這裡是我能效力之處。

我想起當初的計畫（我的筆記）。第一階段跟第二階段都已經結束了，接下來就輪到最重要的任務了。

關鍵是馨的能力。

趁著現場所有人都無法自由行動的時候，我們要離開會場，讓馨奪取用狹間結界做出來的這個島的所有權。

那段期間，要將所有想干擾他的人都揍飛。這是我的工作。

而馨的狹間結界仍處於發動狀態的拍賣會會場，按照當初計畫由青桐和魯負責。

「接下來就交給你了，青桐。」

「嗯。現場的善後就交給我吧，天酒。你們也要小心點。茜也是，依計畫行動。」

「……我知道。」

青桐跟津場木茜兩人互使眼色，向彼此確認事情。或許是站在陰陽局的立場所做的確認。我跟馨有事先告知他們，我們會在茨木真紀（由理）出場的時間點變成這副模樣，而兩人的態度也沒有絲毫改變。我暗自佩服，真不愧是專業的。

帶我們來這裡的黃家已經不見蹤影了。他們的身分屬於黑社會，如果跟之後的行動扯上關係，將來會有很多麻煩，所以接下來就是轉為暗中支援。

我、馨、津場木茜、由理、阿水。

我們幾個人走到會場外時，該說是不出所料，還是理所當然呢？那一大群壞蛋都聚集在外頭……

「陰陽局的人嗎？為什麼會知道這裡！」

「別想從這座島活著離開，這群小鬼！」

「老子要將你們都丟進波羅的海，唔喔喔！」

壞蛋砰砰砰地鳴槍作響，嘴裡依然喊著那些標準台詞。一下說要丟進地中海，一下說要丟進波羅的海，好忙喔。我們也可以把你丟進隅田川喔！

「呼……哈啊啊。」

我跟馨先來個深呼吸，然後——

「一、二、三！」

就默契絕佳地往前衝。

沒錯，現在開始是我們的舞台，瘋狂攻擊就是我們的代名詞。

面對拿槍的對手，我們揮舞長刀又砍、又打、又踢、又拋、劈碎、痛宰。

不，沒有宰了他們啦，但被打倒的那些傢伙歪七扭八地橫躺在紅色地毯上。

很久以前，我也是這樣面對眾多敵人，跟酒大人並肩發威。只要有人擋路，來幾個打倒幾個，殺出一條血路。就以酒吞童子跟茨木童子的這副樣貌。

「津場木茜，你也滿厲害的嘛。居然可以跟上我們！」

「廢話！妳以為我是誰呀。這種程度根本稀鬆平常好嗎！」

津場木茜的刀是由陰陽局保管的「髭切」，我跟馨拿的也是陰陽局出借的武器。

陰陽局雖然也有我的「瀧夜叉」，但那把體積太大了，不是每個地方都適用。

所以我請他們準備適合小範圍戰鬥用的刀，收進馨的便利空間帶過來。

「那幾個血氣方剛的人類很拚命，結果沒有我們出場的餘地耶，水連。」

「對呀～鵺大人。我們被關了一段時間，不如就休息一下好了。」

跟在後方的由理跟阿水，已經進入放鬆模式。

「等一下，你們兩個！接下來是重頭戲耶，振作一點！看我費盡心血的計畫筆記。」

我從懷中掏出筆記，唰地朝兩人丟去。

「用茨木童子的模樣丟來女高中生才會用的筆記紙，感覺好奇怪呀。」

「不過這也是個隨便的筆記……」

「閉嘴，阿水。」

由理一直有跟馨保持聯繫，但阿水大概不曉得我們的計畫，我才好心丟給他看的耶。
只是，阿水看了那份筆記後，露出似乎在思量其他事的神情……
「喂，停一下。」
這時，走在最前頭的馨突然打住腳步。我們也停了下來。
才想說終於穿過太陽眼鏡打扮的黑衣群眾，離開豎立著許多古老柱子的入口，結果埋伏在那兒的是，曾經見過的那個長袍男。
他手中握著那把黑刀，刀身上隱約浮現出紅色的咒文。
「那傢伙……是那個從舞台上逃走的傢伙吧。」
「他是『雷』。在狩人之中算是特別突出，我也曾經跟他交手過幾次。」
是有些過節嗎？津場木茜立刻戒備地架起刀。
居然可以逃出馨的狹間結界，再次擋在我們面前。沒有什麼比逃得快的傢伙更麻煩的了。
『喔呵呵呵。真不錯呢。大家都很賣力嘛，狹間之國的各位——』
「！」
頭上傳來了會場廣播的聲音。
那個聲音的主人是，九尾狐的大妖怪玉藻前，也就是「水屑」。
『我作夢也沒想過，居然還能再次親眼看到你的身影，我的王。』
「水屑……妳這混帳躲在哪裡？妳果然還沒死呀！」

馨朝著屋頂揚聲喊道。

『嗯呵呵，我當然是死啦。在你的狹間結界化作塵埃而死時，我才領悟。啊啊，果然只有酒吞童子才是能統率妖怪的王。』

水屑這傢伙，現在還講這什麼呀。

我正想出聲抱怨時……

『那麼，雷。好好幹一場。你清楚自己必須消滅的敵人吧？』

「……是的，水屑大人。」

語氣如同機器般毫無起伏的回答，狩人雷沒有一絲猶豫便直直朝我們衝過來。

「閃開，我來！」

我們幾個之中最快反應過來的是津場木茜。他在腳邊描繪五芒星，朝敵人衝了過去。速度一向是津場木茜自豪的武器，但雷的速度卻比他更快，成功閃避。

「什、什麼？」

即使津場木茜緊急剎車，也為時已晚。

雷完全沒有移開視線，朝著馨揮下黑色長刀。

馨千鈞一髮地閃過，一旋身，朝他背後攻去。

但雷輕盈地跳開，往柱子一蹬，再度揮刀砍向馨。這是一個聳立著無數根柱子的寬敞空間，看起來對雷較為有利。

讓他身手矯健到遠超乎人類該有程度的，應該是那雙腳。

那不是普通人類的腳。好像甚至連重力都感覺不到，總覺得有點不對勁。

而且……真是不應該耶。這個男的，從剛剛就一直無視於我的存在。

我一臉不悅地衝到馨的身前，用自己的刀擋下雷揮落的那一刀。

「欸，你從剛剛就一直攻擊馨。既然你看不到我，那我就來把你那頂土裡土氣的帽兜砍碎好了。」

「……」

雷動也不動。沒有繼續砍過來，也沒揮開我的刀。

難道，這傢伙出乎意料是沒辦法對女生動手的類型？

不，不可能。被關起來的那些妖怪和非人生物裡頭，也有很多女性。

在帽兜底下可以窺見的是瘦削的下巴，蒼白的肌膚，乾燥的嘴唇和深色頭髮。眼睛被遮住了，他在刀上施加的力量，看起來也沒有使出全力。這樣反倒對我有利。

「馨，快走！還有只能由你去完成的事！」

「可是，真紀！」

啪噠啪噠啪噠，傳來陣陣腳步聲，突然出現了一大群波羅的．梅洛的黑衣人，沒學到教訓地不停發射子彈。

這種情況下就連他們自己的夥伴也可能會被擊中。我跟雷同時收刀往後退。

津場木茜早就掏出符咒撒向空中，誦唸咒文做出一層防護壁。

「喂，天酒。這裡就交給茨木，我們走吧！」

「你是說要把真紀丟在這裡自己走嗎！」

「如果你不走，我們全都完蛋了。沒有人可以獲救。天酒，冷靜點。在我看來，這裡由茨木應付比較適合！」

不愧是平常在陰陽局就習慣出任務了，津場木茜的判斷很精準。

儘管如此，馨還是一臉想說「不能丟下真紀一個人」的表情，但應該是回想起最初的目的，內心冷靜下來了吧。他把反駁的話吞了回去。

接著——

「真紀，千萬別判斷錯誤。要是妳覺得不逃不行了，就別管三七二十一走為上策。如果妳有什麼萬一，妳要是死了，到時我也會死的！」

「……馨。」

馨的講法太過極端，我忍不住輕笑起來。

「那我就只好活下來了。活下來，離開這裡，大家一定要一起回到淺草。」

津場木茜又出聲催促，馨瞥了我一眼後，才向前跑去。這樣就好。

馨害怕拋下我一個人。

留我一個人這件事，對現在的馨來說有如詛咒般沉重。

不過，或許正是這種時候，我們才更應該相信彼此的力量。

「拜託囉，兩人都是。」

我的任務是在這裡絆住「雷」的腳步。

這個男的十分不尋常。

從他渾身散發出的靈力就能明白。用靈力去估測對方的力量，是妖怪的本能。

即使我沒辦法知道精確的靈力值，但那種感覺現在也仍十分鮮明。

原本雷一直沉默地觀察情況，一看到馨他們離去，就立刻打算追上去。

「我不會讓你過去的喔。看招！」

我揮出塗上鮮血的拳頭，狠狠砸斷旁邊的柱子。數不清的柱子因連鎖反應而崩塌，阻斷他的前進方向。

雖然方式很粗暴，但很有過往茨姬的風格，心情有點暢快。

「我把出口封住囉。這裡只剩你跟我了。」

雷停下腳步，沉默了片刻，抬頭望向瓦礫堆成的小山。

接著，緩緩回過頭，從帽兜底下盯著我看。

「茨木童子……」

「哎呀，原來你會講話呀。我還以為你肯定是啞巴咧。你們搞砸了拍賣會～別想輕輕鬆鬆就死掉～至少講這句話來聽聽嘛。」

「……」

但雷毫無反應。

老實說，很難應付。我的激將法完全沒有效果。

沉默持續了一會兒，我們就只是靜靜地互相瞪著對方。我內心一直很緊張，不過——

「只要乖乖聽話，我就不會殺妳。」

「嗯？」

聽到出乎意料的發言，我忍不住疑惑地側頭。

不會吧。他到現在還在想要避免降低我這個商品的價值嗎？

我瞇起眼睛，嘆氣說道：

「為什麼前提是我一定會輸呢？讓人很火大耶。意思是，你完全沒想過被我開膛剖腹、扯出內臟的可能性嗎？」

「……」

他沒有動搖。靈力也沒有絲毫紊亂。

沒有透露出任何資訊。語氣也十分淡然。看不透他的情緒。

「我沒有打算要乖乖聽話喔。畢竟你們這些傢伙抓走了好多我重要的人，還標上價錢打算賣掉。我絕對無法原諒。」

「……那就沒辦法了。」

「！」

雷再次快如疾風地衝向我。

雖然毫無前兆，但我也沒耽擱，立刻應戰。

刀刃數度交鋒之中，我開口詢問：

「他們都叫你雷耶。那是真名嗎？」

「誰會蠢到告訴妖怪自己的名字。」

「說的也是。不過，我算是人類吧！」

這種時候，如果有由理那種言靈的能力就好了。但那是因為由理具有特別的「嗓子」才能辦到。

「我也……想問。」

兩把刀持續互劈，出乎意料地雷也向我提出問題。

「妳為什麼變成這副模樣？妳是人類吧。我有見過妳身為人類的模樣。」

「呵呵，這個呀，是喬裝的外皮啦……喝！」

我銳利的一擊劃開雷的帽兜，他的臉頰上滲出血。

可是還是看不到臉，可惜。

我們先拉開距離，重整架式。我撿起掉落在地板上的子彈說：「哦～子彈原來是長這種形狀喔，我第一次看到真正的子彈。」刻意裝出胸有成竹的模樣。

「我不太想跟妳打。」
「……那是什麼意思？你瞧不起我嗎？」
「不是。如果要打，就要跟那個男的。我必須殺了那個男的。」
那個男的。是指馨。
我不曉得為什麼雷會執著於攻擊馨。
他連思考的時間都不給我，就打算從我身旁掠過。
真的是飛毛腿耶。那速度簡直可稱得上是電光石火。
腳邊像是有雷電迸發一般，是施了什麼術式嗎？
「不行。我說過不會讓你過去了吧！」
我也迅速回過身，將拿在手上的東西全力用指頭彈出去。
那是剛剛撿起來的子彈。當然，已經塗上我的鮮血了。
子彈因我的鮮血而獲得力量，宛如被槍枝射出的彈藥般，以驚人速度擦過雷的腳。
鏘——
響起實在不像是擊中人類的腳的金屬聲音。
雖然沒能讓他受到致命傷，但子彈打到地面後，引發劇烈爆炸。
眼前大片地面塌陷，將雷捲進那場爆炸之中。
「……」

柱子紛紛倒下，大量沙塵漫天飛舞。
等到一切慢慢平息後，發現雷的腳被壓在瓦礫下頭。
「不好意思喔。但我不能讓你去找馨。」
我的聲音非常平靜。
雷止不住咳嗽，吐出一大口鮮血。
從第三者的角度來看，肯定覺得壞蛋是我吧。也是啦，我現在的外觀也是個鬼，沒有任何突兀的地方。
「只要乖乖聽話，我就不會殺你。這句話現在還給你。投降吧。」
我喀啦喀啦地踩著木屐，走到雷面前蹲下來。
我想看他的臉，便伸出手，但他用能自由活動的雙手死命按住帽子。
被看到臉就糟了嗎？
「算了沒關係。那還是告訴我你的名字吧。」
「……為什麼這麼執著於名字。我的名字跟妳根本沒有半點關係吧。」
「我並沒有執著，只是就覺得好像必須要知道你的名字。」
我用手指輕輕抹了一下他手臂上流下來的血，舔了一口。
雷確實是人類。性別是男，ＡＢ型。
並沒有混到妖怪的血液。

「以前，妳也問過我的名字呀……」
「……咦？」
「我當時應該有回答。」
這傢伙到底在說什麼呀。
我有一瞬間感到疑惑，但雷開始唸唸有詞，讓我回過神連忙後退。突然有種極為不舒服的感覺。
「……怎麼可能。」
雷直接從瓦礫下面爬出來。雙腳斷了。
不，不能說斷了，而是原本就沒有。
他膝蓋以下是「義肢」，被捲進這場爆炸後，為了逃脫捨棄義肢爬出來。
「～、～。～」
雷緊緊握著黑刀，誦唸著不曉得哪國語言的咒文。
地面上浮現出六芒星。雖然也有點像陰陽術，但本質大為不同。
我發現大事不妙，但為時已晚。
刺眼炫目的光線讓我下意識地用衣袖摀住眼睛。
等我再次睜開眼時，雷的足部已經裝上新的義肢。他似乎是拿自己剛剛用的那把「黑刀」當作素材。

「……原來如此。那雙義足本身就是施下殺害妖怪咒術的咒具呀。難怪你的身手遠遠超過正常人類的範圍。」

「……」

雷一句都沒有回答，再次站起身。

身上的靈力，一副什麼事情都沒有發生過般的平靜。

怎麼會有這種人。雖然我至今看過不少強悍的傢伙，但靈力毫無波動到這種程度的實在很少見。

「接下來輪到我了。」

雷以遠超過方才的速度來到我面前。

我連擺出防禦的時間都沒有。

「太慢了。」

左側腹就遭到重重一踢。那個勁道讓我往旁邊飛去，猛烈撞上石柱。

「啊……呼。」

我口中傳來鮮血的氣味。

多麼驚人的力量呀。比起物理上的破壞力，更是一種會直接置妖怪及魔物這類生物於死地的詛咒重擊。

幸好我現在是人類。要是妖怪，一下就翹辮子了。

居然也有這樣的人類，專門為了殺害妖怪而增強自我力量到極致。

「怎麼了？茨木童子的轉世就只有這種程度呀。」

雷來到我旁邊，抓住我的脖子往石柱一甩。

鮮血不停滴落。猛烈撞上石柱時，頭受傷了。

不過，他這樣還是手下留情了。我感覺得出他沒有使上全力。

「……原來如此，你很強呢。」

如果不在這裡殺了這傢伙，後患無窮。

直覺向我發出警告。

剛剛那一踢所感受到的「重量」，讓我內心莫名地焦躁跟恐懼。

「不過呀，居然踢女生的肚子，這實在很不應該耶。不應該喔。這樣不管你有多強，都不會受女生歡迎喔。」

「……」

「雖然我一丁點都不認為男生有義務要保護女生，但『想要保護她』的這個態度還是會讓人覺得很帥喔。那麼……凜音，做個榜樣讓他見識一下。」

從背後逼近的殺氣，雷應該也有注意到吧。

等他驚覺而回過頭時，那個一角鬼已經揮落雙劍了。

凜音安靜而憤怒的表情，正是往日在大江山所見的那位冷酷劍士。

凜音砍了雷兩刀，趁他略微退縮的一瞬間，一把抓住我。

「千鈞一髮。謝啦，凜音。」

「妳還講這種悠哉的話！妳全身都是血耶！酒吞童子人為什麼不在？居然把妳一個人丟在這兒！」

「好了好了，凜音，你冷靜點。我剛剛想說如果呼喚你，你應該就會來幫我吧。沒想到你真的來救我了耶。」

「那個……我只是被妳鮮血的氣味吸引過來而已。」

凜音不肯坦率承認，但看到我的模樣，又吃了一驚。

「你那是什麼表情。剛剛我上台時不就已經看過了？」

「……不是只打扮成茨姬的模樣而已呀。」

「沒錯。這是用阿水的藥變的。我變成茨姬了。可以說是茨姬本尊了呢。」

凜音有些傻愣地，低聲說：

「妳，果然，是茨姬呀。」

一句讓人想要回敬「你怎麼現在還在講這種話」的發言。

但一看到凜音的表情，我就沒辦法吐嘈，也沒辦法捉弄他。

因為我深切體認到，一直以來他是多麼渴望見到這副模樣的茨姬。

「欸，凜音。今天一天就好了，幫我。我會給你想要的東西。」

就算現在的凜音已經對別人宣示忠誠。

只要今天就好了，我希望能恢復過往茨姫和凜音間的羈絆而伸出手。

染滿鮮紅血液的手。

凜音靜靜地凝視著我，終於在我面前跪下。

「只有今天，我當妳的騎士——我的王。」

接著，他握住染滿鮮血的手，輕柔地親吻。應該說，吸取。

凜音抬起臉，凝視著我的眼睛，那副神情透著純真。

讓我想起遙遠的過往，第一次見到他時的事。

在四眷屬之中，凜音是唯一年紀比茨姫還輕的。從少年成長為出色青年的日子，茨姫都以姊姊般的心情守望著他。

凜音好幾次反抗我，在嘴上不斷嘲諷我的同時，又會用行動表明自己過於純粹的忠誠心。他就是這樣的男人。

「……呼、呼。」

雷明明因凜音的攻擊而受了重傷，卻還是勉強爬起身。

「妖怪……」

他身旁纏著好多不停晃動的黑色的「某種東西」，讓我大感詫異。

要說是靈力，那東西給人的感覺又太過陰森不祥，簡直就像是束縛著他的鎖鏈。

那是，怨念。至今埋葬的妖怪們的黑影。

好奇怪。怨念的數量多成這樣，根本不是區區一個人類能夠背負的……

「！」

雷不耍任何小花招，直直朝我奔過來。

我跟凜音擺好應戰架式，但雷只是如風一般地穿過我們中間。

那瞬間，他壓得很低的帽兜飄然掀開——

「……咦？」

我看見了那張臉。

目光交會的那瞬間，他的「眼眸」透露出一股衝動而焦灼的情感。

為什麼？

為什麼，我居然會覺得「好像馨」呢？

「等一下！」

被拋在後頭的我，立刻轉過身，像是要拉住他一般地伸出手。

但雷已經消失了。雖然不曉得到哪裡去了，但可以想見他的目的地。

「喂，茨姬。沒事吧？」

凜音出聲問道。我才回過神。

靜靜凝視著懸在半空中的那隻手，應了一聲：

「……嗯。」

我握緊那隻手，先試圖保持冷靜。

「那傢伙逃走了。他雖然受了重傷，但還是不能掉以輕心。」

「我們得趕緊追上去。雷一直說要殺了馨。」

明明我無論如何都必須阻止他的。

「而且……那張臉……」

我的表情凝重起來，接著朝塞住出口的瓦礫山，強勁地揮下上頭還滴淌著我的鮮血的刀。那一刀放出激烈的靈力波，伴隨著震耳欲聾的衝擊音波開了一個洞。那股靈力波把瓦礫都震飛了。

「影兒！過來！」

我直接走到外頭，呼喚眷屬八咫烏的深影。

等了一會兒，有一隻黑色小烏鴉咻地往這邊飛來，停在我的手臂上。

「茨姬大人，您叫我嗎？」

「拜託你從上空搜索雷。那個腳程很快的狩人。我想知道他往哪個方向去了！」

然後再放影兒回天空。

我內心異常騷動著，程度遠勝以往。

雷跟馨很像。那是宛如遭到雷擊般，一瞬間的直覺。

「咦？水連不見了，馨。」

「什麼？」

大家一起衝出拍賣會會場後，我們就在圍繞著建築物的森林中穿梭奔跑著，但水蛇那傢伙不知何時脫隊了。是由理發現的。

「既然是那傢伙的話，搞不好是留在真紀那兒了。」

「這樣……就好了。」

由理露出不安的神情。

確實是讓人擔心，但我們現在不能在這裡停下腳步。在真紀絆住那個雷的期間，有很多事情得做。

我先找到一個可以清楚看見天空的地方，從懷中掏出一個玻璃精品般的方塊型結界，遞給由理。

「由理，木羅羅拜託你了。等我搶到寶島的所有權，陰陽局的船應該很快就會到了。你就趁機把木羅羅帶上船。還有，妖怪都關在海岸旁的那排倉庫，要麻煩你說服他們聽陰陽局指揮。如果是你講的話，大家應該都會聽。」
「……我知道了，這些事就包在我身上。」
由理立刻明白我的考量，一口答應。
就算陰陽局搶進島上，解救了那些關在倉庫裡的妖怪和非人生物，妖怪們可能會因為無法相信人類而奮力抵抗，讓陰陽局難以保護大家。
由理是高等妖怪，他的話語中蘊含力量。
能夠引導大家的，只有由理。
「馨、茜，你們兩個都要當心喔。敵人有帶進來一些麻煩的傢伙。」
由理如此叮嚀後，就揮動透著青白色的翅膀飛上夜空。
我們繼續往森林深處前進。原本以為應該會遇上敵方的阻礙，結果——
「津場木茜，你看。有很多敵人倒在地上耶。」
「應該是黃家的殭屍和黃炎幹的吧。這些小嘍囉根本不是他們的對手啦。」
全是職業殺手的黃家，連個人影都沒看到，但似乎在暗地裡活躍，協助我們更順利地前進。
到處都有波羅的．梅洛的走狗跟低級使魔歪歪斜斜地倒在地上。
「天酒，你明白吧。你的任務是掌握住這個寶島的所有權，打開一個讓陰陽局能闖進來的『入口』。」
「嗯。不過為了做到這件事，必須要調查這個『寶島』是誰做的，還有是用什麼素材做的。」

應該會存在容易讀取這個寶島資訊的地點才對。

我踏穩大地，深深呼吸著空氣，抬頭仰望天空，搜尋著靈力網絡。

這段期間，保護我不受潛伏在森林中的敵人及使魔傷害，就是津場木茜的工作。

「！」

從另一個方向，武裝特殊部隊開始攻擊了。他們用狙擊步槍開火。

「嘖。攻擊吵死人了！」

津場木茜放出的護符，在我們四周圍成一圈。

「懇請四方四神，守護我們！」

一張護符好像就可以抵擋一百發人類狙擊步槍及機關槍的攻擊，津場木茜視情況不停從內側補充護符。低級妖怪或魔類也沒辦法跨越這個毫無死角的結界。

砰砰砰、帕嗤帕嗤帕嗤帕嗤。啊，沒有帕嗤？

哎呀，現場展開的槍擊戰規模簡直跟好萊塢差不多了。聽太多槍聲，耳朵都快要壞掉了。

「明明只是海盜，武裝程度卻讓人想問他們是軍人喔？」

「因為他們僱用了很多前軍人。還有，我不是早就叫你拋掉對一般海盜的想像了。」

「我知道，不過……虎克船長的模樣老是浮現在大腦裡。」

「絕對不是虎克船長那樣。」

津場木茜瞄了我一眼。

「哈。話說回來，我為什麼會跟酒吞童子跑在一起呀？我明明是退魔師，居然必須保護這個傢伙。」

他嘴裡喃喃抱怨著。確實，一想到他是陰陽局的退魔師，就可以理解他的心情。

「這是我前世的模樣。怎樣？很帥吧？」

「吵死了。你不要一臉得意地看這邊，我會想要制伏你！」

津場木茜還是老樣子，但他迅速察覺到敵意，瞪向頭上——

「從上面來喔，有夠煩的。」

他朝著從頭上襲擊的中級鳥獸，揮上刀印，喊了一聲「滅！」，擊敗對方。

那個精準度非常漂亮，我也放下心來，繼續搜尋狹間的靈力網。

「喂，還沒好喔。敵人也不是蠢蛋，很快就會找到對策的。」

「我知道。我們應該到附近了……有了！」

就是這裡了。容易讀取狹間資訊的地點。

那是一棵巨大的皮孫木。

「通常在這種地點都會有樹或湖泊之類，具有象徵性的物件。」

「你要怎麼讀取資訊呀？」

津場木茜在這附近施展「隱遁之術」，讓一些簡易式神飛在空中作為幌子。

如此一來，敵人的目光應該會被引誘到那邊去。在這段時間內，我必須調查出建構寶島狹間的資訊。

我盤腿坐在皮孫木的根部，瞇起「神通之眼」，雙手合掌。

「狹間資訊，解鎖。」

我一誦唸完，狹間的資料就描繪在靈紙上，一張張出現在半空中。

我抬起手，將它們左右滑移以細看內容。

「啊——素材是鹽、大理石跟珊瑚。還有鈦、銅、鐵……」

摹寫的範本果然好像是一座位在波羅的海的無人島，而作為會場的那棟建築，似乎也是仿造歐洲一座不知名的城堡。

那排倉庫則是水泥建造，有施下特殊的術法。

上鎖需要權利。而最重要的資訊，這個狹間製作者的名字是……

「嗯？」

「怎麼了？天酒。」

「沒事。只是這個寶島的製作者，好像是兩個人共同製作的。其中一人的名字叫作『大嶽丸』，我還以為肯定是水屑做的……」

「……大嶽丸？」

津場木茜的臉色驟變，而且還是往不太好的方向。

「那傢伙是跟酒吞童子、玉藻前並列日本三大妖怪的其中一個。順帶一提，他也是在日本只有五位的ＳＳ級大妖怪之一。」

「這種事情我也曉得。可是大嶽丸應該在酒吞童子活著的時代，就已經被坂上田村麻呂殺了呀。」

大嶽丸傳說。我當然也有聽說過。

他是在上輩子酒吞童子生活的時代，就已經締造出傳說的鈴鹿山的「鬼」。

甚至在酒吞童子出現以前，大嶽丸還被譽為最強的鬼。

不過鬼的下場總是差不多。他遭到名為鈴鹿御前的天女欺騙，被人類武將坂上田村麻呂殺害。

可是，在晚宴上滑瓢老爺爺有跟真紀說。

跟這次相關的ＳＳ大妖怪，有兩隻。

「這是陰陽局的最高機密之一，其實大嶽丸沒死。」

津場木茜原本似乎有點猶豫，但在輕輕呼出一口氣後，便開始說起。

「在江戶末期曾經再次發現大嶽丸的蹤跡。背後則有鈴鹿御前……不，過去以鈴鹿御前這個名字，導致大嶽丸跟坂上田村麻呂決戰的『水屑』在。這是我們的看法。」

「……是水屑？」

「妲己、鈴鹿御前、玉藻前……在歷史上屢次出現，以不同的名字及樣貌驅動時代巨輪的女狐狸。既然這兩人有關聯，那這次也很有可能是水屑跟大嶽丸做了某種交易，聯手行動。嘖。京都那些笨蛋，完全被假情報牽著走。在這邊的才是大嶽丸呀……」

津場木茜腦中似乎閃過其他的任務或計畫，一臉中計了的表情。

「不，算了。昨天就已經確定有兩個ＳＳ級大妖怪牽連在內了。現在這邊是最優先的，只能按照計畫走了。」

他簡直就像在講給自己聽似的。接著，他神情平穩地問我：

「所以咧，另外一個製作者是誰？」

「啊啊，這又是另外一個謎了。這傢伙叫作『來栖未來』，看起來是人類的名字。」

「……來栖未來？完全沒聽過耶。」

「連你也不曉得喔。是什麼妖怪嗎？」

人類沒有能力製作狹間結界。

所以我才會認為這傢伙應該也是妖怪。最近也有很多融入人類社會，以人類名字生活的妖怪。淺草的妖怪大部分也是如此。

「既然知道製作者的名字了，這樣一來，應該就可以打開狹間的入口了吧。」

「啊啊，交給我。」

我併攏雙掌，暫時闔上「神通之眼」，再緩緩睜開。

「狹間結界『寶島』……所有者改為天酒馨……我命令改寫設定。」

以我為中心，浮現出一個陣式。

改寫狹間設定這件事，單純就是主人力量上的較勁，可以說是一場靜態搶奪國土的戰爭。

這個狹間結界雖然是共同製作的成果，但大嶽丸的影響力似乎較強。

大嶽丸。在酒吞童子出現之前，被譽為最強悍的鬼。

以前對酒吞童子來說，他是敬佩的對象。但如果他跟水屑聯手，事情就不同了。我操弄著尚未見過面的那位大妖怪的靈力網，靜靜地燃燒鬥志。

「……唔。」

果然，看來不能用一般方法處理，有一股很強的阻力。

不愧是與我齊名的大妖怪。儘管狹間結界的始祖是酒吞童子，但同等級的妖怪只要能充分掌握這個術法，連我也沒辦法輕易搶過主導權。

可是——

「聽我的話。我才是主人，給我打開狹間！」

這時候只好半強迫地硬幹。

怎麼可以在狹間結界的術法上落敗！我這種不服輸的氣勢獲得了勝利。

這一句話成功讓原本緊閉的狹間，被迫打開「入口」。陰陽局在外頭待命的船隻，可以進到寶島來了。

「可以嗎？進展順利嗎？」

「嗯。我剛也擔心了一下，但入口打開了。這樣一切就沒問題了。」

我成功奪走他人的狹間，心情正好，順勢比起大拇指。

津場木茜嘴裡說著「雖然很厲害，但沒想到做法這麼普通耶」，但也同樣舉起大拇指。奇妙的友誼在這裡誕生……

首先，津場木茜派高速簡易式神飛往空中，通知青桐計畫裡最關鍵的部分已經取得進展。

這樣一來，陰陽局派來的大批援軍就會登陸島上，為了保護妖怪們而展開行動。我們也得趕快過去海岸邊的那些倉庫。

「我很擔心大和他們。如果可以找到他們被抓到哪裡就好了，但我就是感覺不到大和的靈力。」

「……」

我一提到大和的名字，津場木茜的表情就變得很凝重。

「我話先說在前頭，當找到淺草地下街的人時，很有可能都已經是屍體了。」

他的說法，簡直就像是親眼見過好多次那種場面似的。

「我明白，可是……」

「啊。喂，你看！」

津場木茜找到可以窺見沿海地帶的場所，從懷中掏出望遠鏡確認情況。

凝神一看，可以發現那排倉庫正竄出黑煙跟爆炸的烈焰。

「陰陽局的母艦好像還沒到，但特殊部隊已經先上陸，雙方開始交戰。敵人投降也只是時間早晚的問題了。你辦到了，天酒！」

「哇～我從來沒想過有一天會被你稱讚耶。」

「混帳。就算是我，該講的時候還是會講一下啦。」

我們鬥嘴到一半，突然察覺有道銳利的殺氣正朝向這邊，立刻背靠背架起刀。

「哇哈哈哈，找～到了！」

「只要送上他們的首級，老闆肯定會很高興！」

這些傢伙，是在隅田川抓走手鞠河童的狩人。

向雷求救的那兩個人。

他們以超乎常人的身體能力躍過樹木的枝幹，順著跳落的勁道揮下咒杖。

「他們毫不遲疑衝過來的勇氣是值得嘉許啦……」

但我跟津場木茜現在都沒有時間可以浪費在他們身上。

眼神凌厲地，迎擊。

「哈。沒用的傢伙。居然想找我打，還早了一百年啦。」

兩個狩人三兩下就被打到昏厥。津場木茜用「捕縛之術」將他們綑綁起來。

「是慌了嗎？他們的攻擊有種自暴自棄的感覺耶。」
「跟雷相比簡直像小嬰兒一樣，這兩個傢伙。」
津場木茜想要察看兩人的長相，便拉下他們壓低的帽兜。
「！」
那副模樣讓我們倒抽一口氣。
一個是少年，臉和身體有一部分長滿了鱗片。
另外一個人是少女，肌膚宛如鯊魚一般，牙齒也是尖銳的鋸齒狀。實在難以說他們是普通的人類。這到底是怎麼回事？
「難道……這些傢伙是半妖嗎？」
「不，這是『嵌合體』。」
津場木茜好像知道這些人的事，眯細眼睛淡淡地說：
「是異國的魔術跟煉金術發展到極致時，所產出的生命體。雖然照理說是禁止用人體做實驗，但非人生物拍賣會這群傢伙什麼都敢做，規定之類的他們根本就沒看在眼裡。居然將魔物那類生物的一部分移植到狩人身上，讓他們具備其能力……根本不清楚這種大幅縮短壽命的行為，會造成肉體多大的負擔。」
「……」
眼前的兩位狩人，看起來年紀與我們相仿。

他們總是穿長袍，戴著帽兜遮掩臉龐，居然是因為這樣的理由。
「可……可惡可惡！」
「我們不可能會輸。這樣下去，老闆會……」
昏迷一陣子的兩人醒轉過來，勉強想要爬起身。
「放棄吧。照你們兩個的實力，是打不過我們的。」
「囉嗦囉嗦囉嗦！連續失敗好幾次了，這樣下去我們會被報廢的！」
「報廢？」
「可以代替我們的人多的是。除了雷以外，大家不過就像是實驗動物。」
狩人是敵人。讓淺草的妖怪受苦，折磨他們，抓走他們。
我沒有打算要原諒狩人，但這些傢伙是歷經些什麼事才變成狩人的，我大概可以想像。不，肯定遠遠超乎我的想像吧。
言語不足以描述的複雜情感及憤慨漲滿胸口。
可這是兩件事。我有事必須問他們。之後該怎麼處置他們，會因那個回答而改變吧。
我用刀尖指向其中一個狩人，態度冷淡地詢問。
「抓走淺草地下街那些人的就是你們吧。他們在哪裡？」
「淺草地下街？」
鯊魚肌膚的少女露出鋸齒狀的牙齒笑了。

「他們被金華貓帶走了。應該悽慘地被那隻貓妖吃掉了吧。真可憐！」

「……什麼？」

金華貓。在拍賣會擔任主持人的那隻貓妖怪。

淺草地下街的人被那個女人帶走了？為什麼？

「喵。不僅沒用，嘴巴還這麼大，真是廢物。下次要把哪個部位換成別的東西好呢喵～」

「！」

嬌媚的聲音從頭上傳來。

不知何時那隻金華貓早就躺在粗樹枝上了。

「啊……」

「金華貓，大人……」

兩個狩人立刻臉色發白，眼神充滿了恐懼。

我和津場木茜側眼對望彼此，站到被綁住倒地的兩個狩人前方。

接著，津場木茜不亢不卑地問：

「S級大妖怪，金華貓！水屑也是，妳也是，為什麼要加入波羅的．梅洛這群海盜？」

「喵？我們加入波羅的．梅洛？陰陽局的小少爺講話真有趣耶喵。」

「唔……」

金華貓用貓掌掩住嘴巴「噗噗噗」地忍著笑。

我們什麼都不曉得，讓她覺得很有意思吧。

「那你們的目的是什麼？妖怪居然在拍賣會上兜售妖怪，難道是想要錢？」

我一發問，金華貓的眼神就變了，她用尾巴捲住樹枝，順勢跳到地上。

「哎呀呀，這位是妖怪的王中之王，酒吞童子大人。我一直想見您喵。」

金華貓拉起洋裝裙襬，誇張地行禮。

「不過，您的問題也很奇怪喵。人類也會跟人類打仗，相互仇視，相互殺害，偶爾甚至還會販賣自己的小孩吧？那邊那兩個沒用的狩人，就只因為靈力稍微高了一點，跟一般小孩不一樣，就被自己爸媽賣了喵～明明人類就會這麼做，那妖怪不能折磨妖怪的道理在哪裡？在這裡發生的就是一些惡行。而且這才是妖怪超乎人類的本質。」

金華貓滿不在乎地說。她的想法果然很符合那個女人的手下會有的邏輯。

「酒吞童子大人，金華是來接您的。水屑大人想要您喵～」

「啊？」

什麼意思？我一擺出這種表情，金華貓就說「絕對不是陷阱喵～」向我們攤開她的掌心，又啪地彈了一下手指，像變魔術般地，她手上突然出現了某個東西。

那是一個空的「鳥籠」。不過她將一塊紫色的布蓋上鳥籠，「喵！」地大叫一聲，再用力扯掉之後，鳥籠中就出現了變成縮小狀態的大和。

「大和？」

他跟淺草地下街的其他人都被銬著手銬，昏倒在地。

這沒什麼大不了。就像我把木羅羅整個封起來的那種收縮類的結界術。

「要這些男人當作金華我的點心，就嫌太硬又難吃。想說乾脆像海盜一樣拿去餵鱷魚或鯊魚好了喵。但有件事讓我有點在意，所以就搜索了一下他的深層心理。結果，嚇死我了！」

金華貓將那雙黃綠色貓眼驀地睜大，身體向前傾。

「這個當組長的男人，不就是酒吞童子上輩子的部下『生島童子』的轉世嗎！喵，這男的靈力這麼低又普通，實在太不起眼了，我根本沒發現。實在是盲點喵～」

「……咦？」

我眼睛眨個不停，楞在原地。

旁邊的津場木茜喊著：「真的嗎？喂！」轉頭看我，立刻發覺一件事。

「你……該不會不曉得吧？」

「咦？啊，嗯。」

我以酒吞童子威武的外貌直冒冷汗，像個小朋友一樣用力點頭。

喂喂喂喂。

等一下啦，喂。

「等、等一下啦！什麼呀，這麼突如其來的真相。這種事我根本完全不曉得呀！我可沒發現！」

這麼重要的事，我不可能會沒發現。
不過，之前大黑學長講過非常意味深長的話。
他說大和的力量在小時候就被封印住了。就是因為這樣，我才沒有發現嗎？
話說回來，那個生島童子？大和？是酒吞童子四大幹部之一？
騙人的吧？外表可以說是完全不像呀。
而且根本沒有共通之處。
畢竟，生島童子是一隻體型龐大的雪鬼，性格豪爽又快活，雖然偶爾會少根筋，但是個爽快不記仇的好傢伙。外表嚇人但其實非常有人情味，見到弱者絕對會拔刀相助，受到許多部下仰慕……
咦？出乎意料地有相似的地方耶。
不過大和在人情世故上更加敏銳，也是個謙虛的人類。
不，不對。儘管力量和記憶遭到封印，他依然像「生島童子」一樣對弱者伸出援手，救了不計其數的妖怪，所以才會變成現在這樣的大和吧。
這樣一想，反倒覺得很能理解！
「喵喵？金華我還以為您肯定早就知道了。所以儘管這個人這麼沒用，還將他擺在身邊喵～」
金華貓將手指抵住鳥籠的把手，轉了起來。

大和他們在裡面滾來滾去。喂，住手。

「算了喵～就算您不曉得，他對您來說依然是重要的人類吧？如果想救這個人類，就跟我一起來吧。酒吞童子大人。」

「我拒絕。但大和他們，妳得還我。」

金華貓每退後一步，我就往前一步。

她在引誘我嗎？儘管如此，不往前就救不了大和他們。

我揮動拿著刀的那隻手，金華貓「哎呀」一聲，將鳥籠抱在胸前，同時戒備著津場木茜的一舉一動，就這樣消失在黑暗中。

空氣中只留下嗤嗤的笑聲。想逃嗎？

「等一下，把大和還我！」

「喂，天酒！」

「茜！那兩個狩人就交給你了！你帶他們走，反而可以幫到他們！」

我匆忙之下只喊了津場木茜的名字，滿心只想著要追上金華貓，沒能留意津場木茜聽了作何反應。

漆黑的森林中，四周變得更加黑暗。

突然，長長的蜂鳴響徹整片森林，有一個巨大的舞台降落在眼前。有夠危險。

「狹間結界『金華貓舞台』開幕啦喵～」

一道聲音傳來，舞台上的簾幕緩緩升起。

在聚光燈的照耀下，一個現代風格裝潢的女性化可愛房間展露眼前。

搞什麼呀？這個狹間結界。

那裡頭有數不清的金華貓悠哉地待著。看書、化妝、滾來滾去玩逗貓棒、兩隻面對面窩在暖爐桌吃冰淇淋。

金華貓施展了分身術，看不出來哪隻是本尊。

「啊～啊，真是太糟糕了。親愛的水屑大人無論如何都想要讓酒吞童子復活的樣子喵～」

躺著看書的金華貓嘟噥著。

那與其說是書，根本是水屑的寫真集。金華貓看著照片，像戀愛中的少女般嘆氣。

水屑想讓酒吞童子復活嗎？

她在京都也講了這種玩笑話，暗地展開活動。

話說回來，明明我就是酒吞童子的轉世，她說什麼要讓酒吞童子復活簡直就是頭腦有問題。是打算再殺我一次，然後使用反魂之術嗎？

如果真是這樣，那隻女狐狸真的很扭曲耶。

「不過水屑為什麼對酒吞童子這麼執著？千年前明明是她背叛了我。」

「那是因為大江山的『狹間之國』不是水屑大人理想的國家喵～」
不知何時有金華貓跑到我身後，用手指沿著我的背往下畫，在耳際悄聲說道。
我只將目光轉向那個女的。
「理想的國家？那傢伙想要國家嗎？」
「沒錯喵～酒呑童子大人的力量跟一般妖怪做的狹間結界根本是雲泥之別。那是足以『建造國家』的力量，所以您才會是妖怪的王中之王。」
建造……國家。
我從來沒從這個角度想過，但這樣一來倒是稍微能夠理解了，水屑覬覦酒呑童子力量的理由。
「不過，這樣我就更不想給水屑了！」
即使明白只是白費工夫，但我還是揮刀砍向背後的金華貓。
喵哈哈，只有輕笑聲殘留著，就連砍到東西的手感都沒有，她就宛如幻想的塵土般消失了。
「欸欸，妳知道嗎？酒呑童子大人呀，聽說被施下了讓女人都瘋狂愛上他的詛咒喵～」
「我知道喔～老是有女人主動靠近，他甩了無數痴情少女，甚至還燒了人家的情書，成為女人憎恨的對象，才會變成受詛咒的鬼。喵哈哈。」
在舞台上的暖爐桌旁舔著冰淇淋的兩隻金華貓，看著這個方向嗤嗤笑著。
「沉穩的雙眼，嘹亮的聲音，強壯的身軀。確實是千年難得一見的美男子喵～」

「真不曉得過去他到底迷惑了多少女人，欺騙人家感情，讓她們以淚洗面喵～」

「抗議！妳不要誤會酒吞童子。酒吞童子可是很討厭女人的！他唯一愛上的那個女人，不要說把她擄過來了，根本連跟她講話都不敢，是個膽小鬼喔！」

我指著那些傢伙，半是自虐地出聲抗議。

「哎呀，真巧耶，金華我也討厭男人喵～」

我不寒而慄。眼前有一隻金華貓，抬頭一直望著我。什麼時候來的？

那雙黃綠色的眼睛眨也不眨，露出令人不舒服的微笑，金華貓用冰涼的雙手包覆住我的臉頰。

「呵呵，酒吞童子什麼也不曉得喵～」

輕柔的低語聲從耳朵竄進內心。

「為了爭奪你的『首級』，有多少大妖怪相互爭鬥，然後又被那個茨木童子親手埋葬。」

「欸……妳，知道茨木童子的事呀？」

「因為我也一直在戰局中呀。既然水屑大人想要酒吞童子的首級。」

金華貓無聲無息地變成一隻巨大的貓。

黑炭色的身體上，有赤金色的斑紋。手腳像蜘蛛一樣多得數不清，尾巴比身體還要長。

她嘴巴大大張開，想將我一口吞進去，於是我毫不猶豫地砍下去。

儘管如此，金華貓的聲音依然持續傳來。

「金華我呀，最喜歡女孩子了。所以超級喜歡水屑大人的。就連茨木童子，看到她那熱情又因悲劇性的愛而發狂的模樣，忍不住就迷上她了喵～只靠一隻手戰鬥的身影，渾身浴血，非常美麗。不知道有多少次，我都想如果她不是敵人就好了。」

嗤嗤……嗤嗤……

「不過我最討厭男人了。男人什麼都不懂。」

在台上的金華貓全都同時站起來，每隻手中都拿著一個鳥籠，有的高高舉著，有的窺視著，有的搖晃著。

接著，不懷好意地笑了，將所有籠子都蓋上色彩鮮豔的布。

「這可不是陷阱喵～」

伴隨著金華貓悠哉戲謔的聲音，鳥籠全部消失了。

「喂，妳把大和他們弄到哪裡去了！」

「哎喔，金華我討厭男人，當然是要把這些傢伙趕快處理掉呀。雖然難吃，但至少可以填一下肚子喵～」

「柔軟的女孩子比較好呀。」

「不要挑嘴喵～只要下點工夫料理就好啦喵～炙燒一下、燻烤一下、燉煮一下，或是打成泥。」

數不清的金華貓開始討論該怎麼烹煮大和他們。

「別開玩笑了！妳要是吃了大和，我就算把妳肚子剖開來，也要救他出來！」

「哇～好嚇人喔。」

「不愧是妖怪之王，講話這麼無情喵～」

「不用這麼生氣，那些不起眼的男人們由真正的金華拿著。不過，哪一個是本尊呢？你不曉得吧喵～！」

她們在台上胸有成竹大笑，妳一言我一語地捉弄我。

她說的沒錯，我完全不曉得真正的金華貓是哪一隻。

就算我把數不清的金華貓一一打倒，又會再出現新的金華貓，根本沒完沒了。就連金華貓的靈力，都為了讓氣味一致而平均分配。

不過我注意到唯一有個地方金華貓沒有處理到。

金華貓似乎看不起大和的力量。

因此，就算她連同鳥籠將大和一起藏起來，卻沒有處理他的靈力。

實際上，大和的靈力相當微弱，被金華貓飄盪在狹間中的不祥靈力掩蓋，要找出來很困難。

可是，如果是「生島童子」的靈力，那就另當別論了。

只要能夠解放大和原本的靈力，我肯定就能把他找出來。因為他的力量只是「被封印住了」而已。

想像一下。

回想生島童子靈力的氣味，從大和的靈力中找出它。

只要追蹤到大和的靈力，真正的金華貓應該就在那兒了。

「呵呵，不過灰島大和那個男人，作為生島童子的轉世實在很弱耶，不覺得太令人失望了嗎？跟其他眷屬相比，該說是根本派不上用場還是無能呢？喵～還是不起眼咧？」

「閉嘴！妳少看不起大和！那個人呀，正因為只是一個平凡的人類，所以才能毫無遺漏地傾聽弱小的聲音，伸出友善的手。是一位即使常常被取笑，受了許多傷，仍然堅持為妖怪奉獻的『人類』。是妳們這些卑鄙傢伙沒辦法相提並論，品格崇高又受人喜愛的人類。正因如此，淺草神明才會疼愛他！」

「啊啊啊啊？」

「別小看他喔。妳最好把那個人的力量，想成整個淺草的『加護之力』比較好。」

我雙手併攏。

大黑學長。不，淺草寺大黑天大人。

就是現在了，我要徹底解放你給我的「所願成就」加護之力。

如果我跟大和，酒吞童子跟生島童子在千年前的過往曾結下不解之緣，請再次連結我們。現在，就讓大和的力量醒過來吧！

「！」

四周突然變得寒冷。

腳邊降下白霜，劈窸劈窸地響起細碎聲音，凝結出一條道路。這是……

「喵喵喵，明明是金華的狹間，怎麼變得這麼冷呢？是我空調設定錯了嗎喵？喵～身體還結霜了！」

金華貓慌張了起來。看來她怕冷。

「呵呵。哈哈哈哈哈！」

「……喵？」

原來如此。在那裡呀，大和。

「真正的金華貓就是妳！」

我放聲大笑後，隨即縱身一躍，大動作揮下刀，朝待在結界內最右側的金華貓砍落。

金華貓「哇啊」地慘叫，應聲倒地。

那傢伙手中的小鳥籠隨之掉落。鳥籠上結滿白霜，我用刀一刺，立刻就碎了，大和他們變回原來的大小跑出來。

太好了。還活著。雖然全身是傷……但還好好地活著。

「喵、喵，你怎麼知道？這個霜到底是什麼？」

金華貓按住傷口，咬著下唇，嘴裡恨恨地說著。可惜了她那張美少女的臉蛋。

「這可不是我的力量喔。是因為淺草眾神解放了生島童子『雪鬼』的力量。妳看上面。」

「……上面？」

金華貓照我的話抬頭一看，臉色漸漸蒼白。

當然。因為現在我們的頭上，淺草七福神全員都顯靈到齊了，而且正低頭往這邊看。自然是一臉毫無憐憫的神情。

而且今戶神社的福祿壽大人，因為句尾的「喵」讓兩人角色重疊，更是一臉打從心底憎惡的神情。拜託，祢就徹底扮成沖田總司好嗎？

「金華貓。為了保護妳說無能的大和，淺草七福神顯靈了。是他累積的福報導致的。現在，妳打算怎麼做？神明站在我這邊的情況下，妳有贏我們的把握嗎？」

「……」

幻術漸漸解開。由於本尊遭到砍傷，維持狹間結界的力量減弱。

金華貓一臉不甘心，但又突然洩氣道：

「算了。這次就這樣吧。反正還有您的『替代品』。」

「……什麼？」

她彎起嘴角，從懷中掏出某個東西刻意落在地上。

拋下一句意味深長的發言，就化為赤金斑紋的貓兒，躍入逐漸縮小的黑暗中，消失得不見蹤影。

顯靈的淺草七福神也臉掛微笑，慢慢消失在輕盈美麗的光芒中。

我低頭向諸神行禮致意。周圍又恢復漆黑，我深深呼出一口氣，走過去撿起金華貓掉落的東西。

「這是……淺草寺？」

陳舊黑白相片裡的地點，是淺草寺的雷門。

雷門下方的女性，牢牢抓住我的眼睛。

身穿黑色和服，長髮綁成三股辮子，臉上貼著大張符咒的女人。

我咬緊牙。就算照片有些模糊，光是那個站姿我就認得出來。

「……茨姬。」

我所不曉得的她，就在那裡。

「大和，大和，你沒事吧？」

大和含糊地嘟囔著「嗯……」，緩緩睜開雙眼。

太好了。他平安醒過來了。臉上鬍渣長得要命就是了。

「唔，好冷！我為什麼全身都是霜？」

大和坐在那裡，拍掉自己西裝外套上的白霜。

然後抬頭看我，嚇得往後仰。

「你、你是哪位？」

「是我啦，是我，天酒馨。有點狀況，所以我現在是上輩子的模樣。」
「天酒？難道這就是酒吞童子的模樣嗎？」
大和太過驚嚇，嘴巴張得老開，眼睛眨也不眨地抬頭看我。
看到他平安無事，我再次放下心來，輕輕地吐出一口氣。
「看來沒有想起過去的記憶呀。」
「咦？什麼？」
「沒有。沒什麼事。」
我朝大和伸出手。大和握住我的手苦笑。
此時，遠遠地傳來一道聲音——
『哦。你從蝦夷來的呀。絕不拋下任何一個部下，全力庇護他們，這股氣魄令人敬佩。而且，看你部下的眼睛就能明白，每個人都仰慕你，是一路跟隨你來的。那股忠誠不是一般程度。』
是酒吞童子。酒吞童子肩扛大刀，神情豪氣萬千。
趴倒在冰雪大地的，是當時我打倒的北方國度的雪鬼。

『不過還是敗給你。我們也沒有國家可以回去，就到此為止了。』
『你說什麼傻話。你跟部下一起留在這座大江山，在狹間之國生活就好啦。如果有你在，我就像獲得百人的力量喔──生島童子。』
那雙鋼色眼眸流露出與龐然巨漢外觀不太搭調的溫柔，我立刻就喜歡上這個傢伙了。
啊啊，對了……這雙眼睛，果然跟大和很像。
就算他外貌改變，失去記憶。就算他不記得我。
當時我伸出手拉起他之後，雪鬼從來不曾二心，一直守護著國家，到最後一刻都無比忠誠。
最後那一天，為了爭取時間讓狹間之國的孩子們逃走，他以一擋百而死。
帶著王者的氣度──
「抱歉，天酒。原本不想讓你們遭遇危險，希望盡量讓你們遠離這件事的。結果因為我失手，反倒讓你所救。真抱歉，抱歉，天酒。」
我十分訝異。大和再三跟我道歉。不停地道歉。
但我一句話都沒說，所以他抬頭瞄了我一眼，嚇了一大跳。
因為我像個傻瓜似地眼淚直掉。用酒吞童子的這副模樣。
「天酒？你、你怎麼了？哪裡受傷了嗎？」

「沒、沒事。幸好你沒事。大和，你真的是個了不起的人。」

「？」

大和顯得十分困惑，而我打從心底慶幸這個人平安無事。

幸好生島童子的轉世是這個人。橫跨千年的重逢，讓我內心充滿感激。

「小老闆，你沒事吧？」

「有受傷嗎？」

那些跟大和關在一起的淺草地下街成員們醒了過來，明明自己也都備受折磨，但全都顧著擔心大和的安危。

這種地方，正展現出你的人望。

生島童子。不，大和。

你還是那個你，今後也請待在我們身旁。

第八章 阿水長年等待的瞬間

『阿水……水連……』

『別再說話了，茨姬。妳的手臂被砍斷了。』

平安中期。

這是酒吞童子在大江山被討伐後的事了。

茨木童子打算在一条戻橋殺死敵人之一的渡邊綱。

可是他不愧是源賴光的一大家臣。

就連茨木童子都復仇不成反倒栽在他手上，遭渡邊用專為制伏妖怪而鍛造的寶刀之一「髭切」砍斷右臂。

我當時身為茨木童子的眷屬，救出她逃離渡邊，藏身於羅生門。

那裡也有一群邪惡的小鬼，但他們每個都很擔心茨姬。

因為在那兒的小鬼，以前全都多次受茨姬和酒吞童子幫助。

我在這裡幫身受致命傷的茨姬照料傷口。

『阿水。已經夠了。我……好想，去找酒大人。』
『……茨姬。』
她莽撞地發動奇襲時，我就略為察覺了。可是……
『不行！我不允許那種事發生……要是妳也不在了，我、我們該為了什麼活下去才好？該去哪兒……才好呢？』
我沒辦法成全她的心願。
即使我早有預感，今後她將維持惡妖的狀態在漫長歲月中徬徨度日。
我仍使出渾身解數，讓不斷湧出鮮血的傷口止血，清除從傷口鑽入體內的致死詛咒，還將自己的靈力分給靈力已然枯竭的她。
酒吞童子肯定也這麼做過吧。
不准她死在這種地方。
不准。不准。要是這時讓她死了，一輩子都無法原諒自己。
『對不起，對不起，阿水。你，為了這樣的我……可是，我……』
茨姬一直哭個不停。
愛哭鬼茨姬。過去那個一樣老是哭哭啼啼的柔弱茨姬，我見過。
但她現在已是無法忘懷對殺夫仇人的憎恨，一心為復仇而活的惡妖。
就算報了仇。

就算搶回那顆「首級」。

酒吞童子也不會死而復生，大江山的狹間之國也不在了。

明明她一定早就明白，失去的事物，一個都找不回來。

不。正是因為她早就明白，才會說已經夠了，好想去找那個男人，只對我吐露真正的願望吧。可是我……

『茨姬，妳累了吧？就全部忘了，只為了活下去而安靜度日吧。我會一直在妳的身旁。我會保護妳。』

就算只是酒吞童子的替代品也無所謂。

就算沒辦法消除妳心中的寂寞，我也願意。

『……不可以，阿水。我是惡妖。不能弄髒美麗的你。』

『我不美麗喔，茨姬。』

茨姬果然沒有選擇我。

死亡以外的安穩，不是她想要的。

只要她還活著的一天，就不會忘記酒吞童子，也無法放棄復仇。

等傷口痊癒了，她就會離開我身邊，投身看不見盡頭的戰役。

今後她的名字是，大魔緣茨木童子。

有時會被稱為大魔緣大人，連她曾經身為茨木童子這件事，曾經身為女人這件事，都逐漸忘卻。

因為她為了保持理性，在臉上貼上符咒，將原本美麗的長髮編成三股辮子，總是穿著如同喪服般的樸素黑色和服。

源賴光和他的四天王，不是遭茨木童子為首的大江山餘黨殺害，就是因負傷而死，到最後每個人都離開了這個世界。

儘管如此，茨木童子的戰役仍然沒有結束。

找不到酒吞童子的首級。

有聽聞被封印在某處，但不曉得為什麼，就是怎麼都找不著。

終於，妖怪間開始出現流言。

說獲得酒吞童子首級的人，正是要成為統帥這個世界的妖怪之王。

每個大妖怪都渴望得到它。因此茨木童子的戰役，又無止盡地延續下去了。

身為茨木童子眷屬的我，在心中下了一個決定。

不管那場戰役有多麼殘酷，多麼漫長。

既然我當時，要求曾經渴望死去的茨姫繼續活下去。

我就必須守護她，直到最後一刻。

○

我的名字叫水連，暱稱是阿水。

我故意跟馨他們走散，連正與狩人雷對戰的真紀都丟著不管。我一個人，朝著某個女人的所在之處走去。

「嗯呵呵，我早就知道你會來找我囉，水連。」

「……水屑。」

森林的深處，斷崖環繞的地點，站著身穿祕書風格套裝的水屑。

她用風情萬種的眼神緊盯著這個方向，嗤嗤笑著誘惑我。

「好囉，我來聽你的回答了，水連。如果你決定要屬於我，我就幫你把靈力恢復原狀。」

接著，她伸出蒼白冰冷的手，觸碰我的臉頰。

「我想你應該還記得，『神便鬼毒酒』封印靈力的效力大約可以持續十天。就算你寄望效力消退，現在也還沒到那時候，所以抵抗也是沒用的喔。」

啊……對耶，水屑這傢伙好像有說想要我當她的眷屬，找我做一場交易的樣子。

「那個神便鬼毒酒呀，除了效力消退以外，還有其他解毒方法嗎？」

「你在說什麼傻話呀。怎麼可能有那種東西呢。神便鬼毒酒是異界的酒，你忘記啦？」

原來如此。對方手上沒有解毒劑呀……

「……好痛！」

「啊？」

「痛痛痛，有沙子飛進眼睛了。好痛啊～」

「……」

我利用「眼睛好痛」的逼真演技，拿下自己總是戴在身上的單片眼鏡。

「沒事吧？居然在這種時候沙子飛進眼睛……真是讓人傻眼的男人。」

水屑打從心底覺得傻眼而嘆了口氣，但是——

「呵呵，水屑，妳好像才是完全忘了，我到底是什麼妖怪了吧？」

這句話，還有妖怪特有的邪惡神情，讓她立刻察覺到了吧。

我打的是什麼算盤。

「難道妳以為我這千年來都在發呆嗎？」

以為我戴這個單片眼鏡是為了耍帥嗎？還是為了塑造專業形象呢？

明明我視力好的不得了，卻一直戴在身上的這個玩意兒。

「我呀，這千年來，不曉得想過多少次，如果有術法可以克服那個毒酒就好了。雖然我沒辦法讓時間倒轉，不過歷經無數困難也沒有放棄的我，得到了老天的獎賞。就為了可能會到來的這一天，一直，一直，在做準備。」

「水連，你……」

這瞬間，單片眼鏡的鏡片化作了水。然後，我一口將它喝乾。

其實，那個鏡片是「藥水」。

原本遭到封印的靈力，就像滋潤乾涸大地的甘霖，一點一滴地恢復。

「怎……怎麼可能！」

水屑打從心底震驚不已。

啊啊，這感覺真是太好了。我一直想看妳這種表情。

「我一直、一直都在思考，當時我應該要能做到的那件事。感謝這一千年。只要有一千年，身為天才藥師，克服那個毒酒的『解毒劑』這種東西，我怎麼可能做不出來嘛。」

我看著水屑，不懷好意地露齒一笑。

「所有的一切，所有的一切，都是為了殺妳而準備的，水屑。」

我毫不隱藏渾身的殺氣。

「……原來如此。簡單來說，你的回答就是不要囉？」

「想也知道吧。妳的同夥？哈哈，我死都不要。」

水屑臉上淌下一道汗水，但依然展露出像在說這真有趣呀的笑容。

靈力恢復了，我自由了。

從身體迸發出的靈力劃過大地，化成無數水刃襲向水屑。

不過她是與酒吞童子齊名的大妖怪，搖身一變成了兩隻尾巴的白拍子模樣，甩了下尾巴就將水刃拍散。

「水連，你果然是天才，竟然做出了神便鬼毒酒的解藥，我完全沒料到。太驚人了。這樣讓我更想要你的力量了！」

水屑從蓬鬆的尾巴中取出一把大鐵扇，將管狐火搧向這邊。

不過小小的狐火一遇上水蛇，就被吃得一乾二淨。在陰陽五行相剋的道理上，水是勝過火的吧？

可是，水屑接著召喚來更加巨大的狐火——

「看——招！」

用鐵扇使勁一搧，將狐火送往我的方向。

我雖然做了一道水壁防禦，但火焰的威力太強，沒辦法全數抵擋。我被一道狐火擊中。

「唔哇哇哇！」

明明是水，卻不敵火，真是太丟人現眼了。

不過水屑的力量就是如此強大。話說回來，我原本就不是擅長一對一單挑的類型呀。

「怎麼啦？水連。你擅長的計謀或術法，拿幾個出來瞧瞧呀。只有這點雕蟲小技的話，我也很無聊耶。」

水屑故意連連打呵欠。

「好燙啊。對了，水屑，妳不用過去拍賣會看看嗎？那邊的情況相當不妙喔。」

我拍拍身上的灰，回想方才拍賣會場的模樣，站起身來。

「啊啊……沒差，那邊變成什麼樣子，我都無所謂。非人生物拍賣會這種東西，反正就是人類爭奪地位、展露欲望的場合吧？悲哀又低賤的人類，看到關在籠子裡的東西，就會沉浸在優越感之中。」

「呵呵，那妳為什麼要加入這種品味低俗的活動啊？這在壞事中，也算是相當遜的一種吧。」

我摸不透這個女人的心思。

明明自身也是妖怪，卻幹這些虐待妖怪的勾當。而她又看不起作為客戶的人類，也不打算救他們。

可是如果客人都死光了，不管賣了多少非人生物，錢也不會入帳呀。

而且在之中會產生的，只有雙方對彼此的憎惡跟反感，也就是所謂的「恨」而已。

不對……還是這才是她的目的？

「哎呀，你在試探我的計畫嗎？用那種奸詐的眼神一直盯著人家。」

「真不好意思喔，眼神很奸詐。」

水屑垂下滿是不悅的眼眸，用衣袖掩住嘴。

只有目光在空中交錯，相互研判對方內心的想法，然而——

「算了，也可以。你是我看上的人，就告訴你一件事吧。」

水屑在想什麼呢？她乾脆地這麼說。

然後，她的狐眼發出晶光。

「在這麼大的舞台，在牽涉到重要人們性命的狀態下……有幾個人想讓他們接觸一下。」

「接觸？」

是讓誰跟誰碰面的意思嗎？

「就因為這種理由，搞了這麼大的舞台？」

「就因為這種理由？」

這句話有哪裡奇怪嗎？水屑愉悅地放聲大笑。

「你在說什麼呀，水連。每一個相遇，都絕對不是偶然喔。千年前也是如此吧？你們把我從朝廷中救出來，所以狹間之國就滅亡了。」

「……」

「哪些部分是我的計謀造成的，哪些部分是你們自取滅亡呢？你有全部都看透徹嗎？相遇可以改變一個人，也可以成為促成計畫的契機。『相遇』正是未來的分歧點。如果你不明白這件事，你就沒辦法徹底看穿今天發生的事，將會引發什麼樣的未來吧。意思就是，你也沒辦法預先準備，最終也不可能會獲得勝利。」

「……哈哈哈，原來如此。謝謝妳這番開示，相當有幫助。」

或許正如水屑所說。

利用海盜所打造的非人生物拍賣會這個華麗舞台，現在，每個人都各自與其他人相遇了。我無從得知的未來，已經開始轉動了嗎？

「不過這個意思也是，只要水屑妳不在了，所有的一切都會化成泡影吧？」

我將雙臂交叉在胸前，裝傻地看向斜上方。

「喔呵呵呵呵呵！不可能不可能，不可能啦。憑你這種程度，是打不過我的。」

水屑裝出一副胸有成竹的模樣，但她高聲大笑的同時，我也暗自竊笑。因為我已經察覺到從背後逼近的野獸腳步聲了。

「真的是這樣嗎？如果妳以為對妳恨之入骨的只有我，那就大錯特錯了。」

咻——

兩隻野獸氣勢驚人地從斷崖上跳了下來。

巨大的虎跟熊。

以月亮為背景，他們的獸眼炯炯有神，在空中變回原本的姿態，而且還是如同過去身處大江山時，氣宇軒昂的武將直垂裝束。

「你……你們！」

這兩人突如其來的出現，就連水屑的靈力都不禁動搖。

「這是千年來第一次碰面吧。女狐狸。」

「不捏爆妳的心臟，砍下妳的首級，我絕不罷休。」

虎童子跟熊童子，鬼獸姊弟。

他們揮舞著用大江山的製鐵技術打造的棘棍棒跟大斧，使出招牌的渾身力量朝水屑劈下，連同大地一併砸碎。

超乎想像的衝擊力道讓周圍的樹木被震得東倒西歪，沙塵飛揚。我光是要待在原地用衣袖掩住臉，就已經是拚上全力了。

「……這麼說起來，當初好像有你們這兩個傢伙呢，在那座大江山。」

過了一會兒，視野再度變得清晰。

水屑閃避這波攻擊，將管狐火在背後組織成網以吸收衝擊力道，勉強才撐了下來。她受到不小的傷害，手臂汩汩流出鮮血。

「酒吞童子的左右手，虎童子，還有熊童子。既是大江山的大幹部又是將軍的你們，為什麼會在這裡？」

「妳問為什麼？」

昔日是大江山大幹部的虎童子。沒錯，也就是虎。他將插進地面的棘棍棒拔了出來，扛在肩上，狠狠瞪著水屑。

「不要講這種笑掉別人大牙的蠢話，水屑。千年來積累的怨恨，今天終於可以好好發洩一頓了。」

虎比任何人都要痛恨水屑。

這個導致狹間之國滅亡的女人。

「王正在戰鬥，我們豈有袖手旁觀的道理。我們的性命，這輩子也跟他同在。」

另外一位大幹部，熊童子。沒錯，就是阿熊。她對酒吞童子的敬愛與忠誠，從當時起就不曾改變，永遠澄澈鮮明又強烈。

對於原本同樣身為幹部卻背叛酒吞童子的這女人，兩人絕對不可能饒恕她的吧。

「嗯呵呵……喔呵呵呵呵。我以為你們早就死了，根本都忘了還有你們兩個咧～」

水屑表面雖然依然平靜，但內心其實相當焦急。我看得出來。

「算了，無所謂吧。雖然計畫要稍微改變，不過……」

「囉嗦！」、「閉嘴！」

水屑話還沒講完，兩人就已經衝出去了。絕不讓她有機會用言語耍花招。

兩人默契絕佳地包圍住水屑，宛如躍動般揮舞著武器，每一招都毫不留情地要取她性命。打，再打，再打，再打。那些大型武器的動作，甚至都讓人看不清了。

水屑總是千鈞一髮地閃開，但她腳下的土地逐漸崩塌，形勢對她越來越不利。我也用術法操縱水來支援兩人。

沒錯。水屑慌了。

畢竟這兩人真的很強。

「我們可沒蠢到讓妳慢慢拖時間。」

「說什麼都沒用的，我們不會放過妳。」

正想說虎這一下也揮得太過頭，熊就立刻補上位，用大斧深深砍裂水屑的後背。水屑的表情因痛苦而扭曲。

「……嘖。」

在戰鬥力這一點上，虎童子跟熊童子具備了連其他幹部或眷屬也都望塵莫及的，壓倒性的「暴力」。

正因為平常溫和沉著，一旦切換到猙獰狀態，肯定只有酒吞童子才能夠阻止吧。

這兩人對水屑有多深痛惡絕，連我也無法估算。

理所當然。他們是一路跟酒吞童子並肩打天下，心腹中的心腹。

比誰都還要尊敬酒吞童子，信任他的理想，為了他建造的國度盡心盡力奉獻自己。

比茨木童子更早與酒吞童子相遇，與其同進退，並且竭盡忠誠到最後一刻，狹間之國的將軍們。

就算現在當了漫畫家，戰鬥能力也絲毫不見衰退。

水屑因為預期外的強敵出現而心生怯意。

——這或許是絕佳的機會。

至少，至少奪走那個女人的「一條命」。只要這樣，就能替真紀跟馨的將來，掃除一個障礙……

「虎、熊！我來抓住水屑。你們不用管我，確實奪走她的『一條命』吧！」

「！」

虎跟熊應該是立刻就領悟了我的企圖。但他們一句話也沒說，只是肯定地點頭。

那麼……盛大的復仇劇揭開序幕了。

水屑大概認為跟我一對一打的話，自己勝算在握，但她誤算了兩件事。

第一個是我做出了神便鬼毒酒的解藥。

另一個，就是沒發現虎童子跟熊童子的存在。

我變身為巨大的水蛇型態。好久沒變成這副模樣了。

體內嘩啦嘩啦地冒著氣泡，清澈通透的身體圍成一個圓，咬住自己的尾巴，將水屑關在圓心。

「這是……」

大蛇的身體射出數不清的小水柱，宛如細絲般縱橫交錯，密密麻麻地纏繞住水屑。水屑想要用蠻力扯斷，但水這種物體就算再怎麼切，也都會恢復原狀。

水縛之術。

這是拚上自身所有靈力的捨身之術，能夠確實逮住對方，而且怎麼都掙不脫。無論對方是多強悍的大妖怪也一樣。

「水連，你在想什麼？你這樣會跟我同歸於盡。就算我被抓而喪命，你也……」

「所以才要這樣做囉，水屑——再會啦。」

水屑的心臟，遭鋼鐵的長槍從背後貫穿。

而幾乎同時，水屑的首級掉落在地。

虎的棘棍棒只要拿掉前端，就會變成長槍。他以迅雷不及掩耳的速度擲出長槍，正中水屑的心臟。而熊的大斧，就像在吶喊著讓妳瞧瞧酒吞童子的恨意一般，威猛地砍落首級。

這是橫跨千年的復仇。

我眼神冰冷地低頭看著那具悽慘的屍體。

「……」

說到底，我們並非人類。

我並不想讓現在的真紀和馨做這種事，也不想讓他們兩個人看到這種東西。這是我們必須完成的使命。

「沒想到我居然不是被酒吞童子和茨木童子，而是被他們的眷屬逼到這種地步……」

但水屑也是難纏的大妖怪。

我們都已經讓她屍首分離了，還可以講話。

「可是，呵呵，我還有一條命。」

「這種事我曉得。但下次就是最後一次了。妳再也沒有多一次的機會囉。」

儘管如此，水屑仍是笑著。她就掛著那道不祥的微笑，斷了氣。

「……」

我解開水縛之術，以大蛇的樣貌劇烈扭動身體，倒在地上。
這個術法是禁忌之術。在施展術法的期間內，敵人絕對逃不了。但殺了對方之後，伴隨那個死亡的「闇影之氣」會回到自己身上。
不管是人類或妖怪，死亡時都會消耗大量能量。簡單來說，就是我也受了相當嚴重的傷。
「沒事吧？水連！」
「謝謝你，虎，還有熊。幸好你們來了。」
「哪裡，還讓你使出水縛之術。水屑這個女人溜得很快，如果沒有你的術法，恐怕已經讓她逃走了……可是，該怎麼跟夫人說才好呢？」
「啊哈哈。我話說在前面，我可還沒死喔。讓我安靜地休息一下，搞不好可以恢復。」
「……」
我沒辦法從水之大蛇變回原本的模樣。
身體上浮出黑色的斑點。
阿熊輕輕觸碰我的身體，垂下難受的目光。她從以前就是很為夥伴著想的女性。
另一方面，虎大概可以了解我的心情吧。擺出男人剛毅的表情，什麼都沒說，走去查看水屑的屍體。
「……這傢伙真的死了。」
「罷了，結果只能奪走她的一條命。水屑還可以轉生一次。」

「麻煩的女人。不過，只剩一次呀。」

只要有終點，就也能看見希望。

我鬆了一口氣。就在這個瞬間。

從水屑的遺體下方，飛出一道管狐火，迅速升到空中如煙火一般爆炸，迸出無數光芒散落在夜空中。

怎麼回事。現在，是在呼喚……什麼嗎？

「！」

森林騷動不已，空氣緊繃。

然後——

從空中如閃電般墜落的，是狩人，那個「雷」。

「水屑大人……」

雷看到水屑悽慘的死狀，握緊拳頭，對我們的敵意快速高漲。

他似乎身受重傷，但正因如此，那股強烈殺意如此清晰。

對於妖怪抱持著那麼強烈的殺意的人，我只知道一個。為什麼這個時候，我腦中突然閃過「那一個人」？心中浮現不祥的預感，我叫了起來。

「虎，阿熊，夠了，快離開那裡！那傢伙，搞不好是……」

那傢伙在我幾乎不剩任何力量時過來，只能說是運氣不好了。

那是發生在轉眼間的事。

首先，阿熊沒能招架那傢伙如閃電般迅速的攻擊，被重重踢飛。

「姊姊！」

虎立刻繞到她的背後，擺出保護熊的動作，兩人一起猛烈撞上背後的斷崖。

斷崖因為那個衝擊而崩落了一部分，發出轟隆巨響。

強悍的那兩人，就因為區區「一腳」而倒地。

不，不是普通的一腳。那隻腳好像是義肢，被施下了殺害妖怪的詛咒。簡單來說，是名為義肢的「咒具」。

雷從水屑的身體拔起長槍，用那雙義肢軋嘰軋嘰地踏過血泊而來。

「……你也去死。」

接著，朝虛弱至極的大蛇我刺下那把長槍，再拔起長槍，用義肢狠狠踩上長槍留下的傷口。

「唔哇啊啊，啊啊啊啊！」

劇烈的疼痛傳遍全身。大蛇的身體發狂地扭動，甩倒森林裡好多棵樹。

反正我原本就因為水縛之術而傷及五臟六腑了，但這下……

啊啊，會死。毫無疑問了。這個會成為致命傷吧。

但最嚴重的致命傷，是我「這麼認為」的這一點。

我的任務完成了。我覺得有點累了。我這麼想的這一點。

大概，到此為止了呀……

「阿水。阿水！」

但在意識逐漸飄遠的那一端，傳來了明明每天聽見，現在卻不知為何感到非常懷念的，她的聲音。

雷也因為那道聲音而驚訝地抬起臉。

然後，被自己正上方的烏鴉嚇到，縮起身子退後。

「你這傢伙，離阿水遠一點！」

來救我的是影兒。沒用又愛睡懶覺的那個影兒。

從他背後，凜也出現了，使著雙劍和那傢伙交鋒，逼他離開我更遠。

過去的兩位兄弟眷屬在保護我。

「對手是人類喔！影兒退下，你去保護阿虎跟阿熊，照料他們的傷口！凜，你纏住那個男的，我過去救阿水！不准追太遠！」

啊啊，她在下指令。

我用模糊的視力，望著漫長歲月以來殷切思慕著，就連作夢也會夢到，親愛的茨姬的身影。

「阿水、阿水、你振作一點！」

她小巧柔軟的溫熱雙手，觸碰到水之大蛇模樣的，我冰冷的身體。

搞不好有一天還能重逢。我沒辦法徹底拋棄這一線期望，一直保管著她的頭髮作為思念她的憑藉，才做出了那瓶藥水。

我甚至還一直認為，只要能再見一面，死也無憾。

「啊哈哈……妳用了呀，那瓶藥。」

我高興到想哭。

「我一直都很想見妳喔，茨姬。」

千年來一直追逐著那道身影。

在夢境之中，在絕望之中。

並不是因為妳命令我要繼續活下去，那是我自己的選擇。在不斷變動的時代潮流中飄盪，在沒有答案的迷宮裡徘徊，追逐著一個幻影——然後，再次遇見妳了。

「阿水。為什麼？你美麗的身體……會被闇影之氣侵蝕？」

「我一點也不美麗喔，茨姬。」

好像曾有一次，我也是如此回答的。

「茨姬，別哭。我已經活太久了。已經累了。現在似乎已經……對於活下去沒有執著了。」

「你在說什麼傻話，阿水。」

「我施展水縛之術殺了水屑。那個術法的反作用力，妳也很清楚吧？水屑的『死』回到我身上來，而且剛剛又受了致命傷。」

妳肯定不會誇獎我吧。

那樣也沒關係。我實現了長年來的夢想。

讓水屑倉皇失措，奪走了她的性命。

而且替真紀和馨的未來清除阻礙。

再次見到「妳」。

讓親愛的茨姬抱在懷裡，離開這個世界。無論誰看了都會好生羨慕的幸福臨終。

「我不要。」

可是真紀因憤怒而顫抖，不停搖頭。

請盡量罵我吧。那也是我的心願。

「我不要我不要我不要！我都來救你了……而且還被你救過那麼多次！阿水，我不准你死在這種地方！」

這簡直像是我以前說過的話。

「我不准。『那個時候』明明是你不讓我死的！」

茨姬激烈的話語，狠狠拉住一直認為死了也沒關係的我。

茨姬。不，真紀拿刀劃開自己的手臂內側，將湧出的鮮血含在口中，將雙唇貼到大蛇身上剛剛長槍刺穿的傷口，將血液灌進去。

「……真紀。」

那是極具衝擊性的瞬間。

因為這同時也是「眷屬的契約」。

她哭得稀里嘩啦的。大概，是拚盡了全力。為了別讓我就這樣死去。

好幾次，好幾次將自己的鮮血含在口中，灌進成為致命傷的那個傷口。

因為殺害妖怪的詛咒而呈現藍紫色的化膿傷口。

「停……停下來，真紀。妳會弄髒。」

「我不要！我不停！」

她全身沾滿自己的鮮血。鮮紅色，鮮紅色，滿滿的鮮紅色，接著又像孩子般攤開雙手，抽抽搭搭地大哭，緊緊抱住我的軀體。

在這一世，我還沒看過她這麼慌亂的模樣。

「我不要。我不要……我還不准你死。直到我壽終正寢為止，你都要一直忠心耿耿地待在我身旁。我要綁住你……綁住你！你是我的『眷屬』了。」

血……她的血，傳遍水之大蛇的全身。

黑，逐漸反轉成紅。

她的鮮血中蘊含的破壞力，比過往還要強上許多。那股力量將水屑死亡反作用力所帶來的那股「闇影之氣」消除，破壞了原本已經做好覺悟要迎接死亡的我的那個「意念」。

簡單來說，原本幾乎要死去的我逃過了一劫。

要活下去，最有效的可以說就是從眷屬這個束縛一生的契約中，獲得存活的意義和動力。當生命不再只屬於自己，就會覺得還不能死，這個意念很重要。

我又再度成為只考慮妳的幸福，為妳奉獻一生的奴隸了。

是說，至今以來也是如此啦。但擁有一個更明確的立場，感覺果然很好呢。

「真紀……真紀。」

我總算變回人類的模樣，伸手輕輕拍撫在我胸前哭個不停的真紀後背。

真紀抬起臉。茨姬大人那雙美麗的眼眸飽含水氣。

為了我，哭成這樣……

「謝謝妳，真紀。再次收我成為妳的眷屬。」

我用自己身上和服的衣袖，擦拭真紀宛如吃了野獸的鬼般，滿是鮮血的嘴巴。

有一會兒，她就像一個年幼的孩子乖乖讓我擦嘴巴，但接著又苦著一張臉。

「我早就知道……有一天，可能會發生這種事。」

她將額頭靠在我的胸口。

「可是正因如此，只有阿水你，我不想收你為眷屬。因為你一直想要彌補我不是嗎？直到獻出你的一生，還有性命為止。阿水，你已經為我做得夠多了，為了我而受了那麼多苦……所以，我希望能讓你自由。」

語氣虛弱得一點都不像她。真紀的聲音在發抖。

「那是……不可能的。絕對不可能的。」

我露出苦笑，長長地吐了一口氣。

啊——啊，我真是個無藥可救的男人呀。像這種感覺的長聲嘆息。

「不管有契約也好，沒有也好，我的一切從千年前開始就一直屬於妳。我不是在彌補，這已經是純粹的愛了。就算妳不喜歡，我也要強迫妳接受。反正我就是很纏人、不懂放棄、黏人又擅長單方面付出喔。不過，如果妳允許的話，那我想要跟妳的羈絆。主人跟眷屬的羈絆。」

雖然還是發疼，但已經沒有瀕死的感覺了。肉體遭到偉大的鮮血跟靈力蹂躪，這種全身舒暢的感覺已經好久沒有體驗到了。

啊啊，就是這個，主人與眷屬的羈絆。

我的心意，肯定在這一刻得到回報了喔。

忍不住……想活下去。

「——喂，過去你們那邊了！茨姬！」

我正沉浸在愉悅的心情裡時，響起了凜音急切地大喊。

真紀驀地回過神抬起臉，殺氣騰騰的雷高舉著長槍站在那兒。

簡直就像瞬間移動過來一樣的速度。就連真紀都來不及應對。

可是，長槍的尖端還沒刺過來，就被看不見的牆壁彈了回去。

那傢伙的背後，還站著另一個架著刀，雙眼布滿血絲的「鬼」。

「你的對手是我。不准動他們！」

酒吞童子──

妖怪之王威猛的相貌，也跟千年前絲毫無異。

馨在這種局面中及時趕到，以酒吞童子的樣貌和敵人對峙，守護我跟真紀。

雷一發現馨站在那裡，立刻調整好姿勢，連看都不再看我們一眼，只是面對著他。

「馨！小心點，他的目標是你！」

「我知道。凜音，掩護我！」

可惡～結果耍帥的場面都被他們兩個搶走了啦。

凜音，還有酒吞童子模樣的馨，兩人同心協力與雷戰鬥。

總覺得好像過往大江山的光景呀。那兩個人雖然感情很差，倒是認同彼此用劍的實力，好像也有好幾次在戰鬥時聯手……

「喂，沒事吧！」

津場木茜晚了片刻，趕到我們身邊。

「欸，津場木茜……阿水的血一直流，怎麼辦？好不容易才讓他活下來，這樣下去……」

「不要慌張！沒有傷到要害，一定有辦法。」

茜拉開我的衣襟，將治療用的符咒像痠痛貼布一樣啪地貼上。就連討厭妖怪的他，也是陰陽局出色的退魔師。

「我從來沒想過有一天居然會被你療傷呀～茜。」

「什麼呀，還可以講話嘛。根本沒事呀。」

他貼符咒的力道稍微增強，傷口所在的側腹驀地發疼。哎喔，拜託更溫柔一點。我剛剛真的差點送命啦！

「對了……你們兩個都聽一下，水屑的遺體在那邊，要想個辦法才行。」

「遺體？」

真紀跟茜抬起臉，露出震驚的表情。

不知何時，在水屑的遺體旁邊，那隻金華貓正哇哇大哭著。

「嗚——水屑大人居然傷成這樣！砍掉首級還刺穿心臟，是誰這麼狠心～不過沒關係，金華我立刻就會讓您重生。」

突然……

金華貓變成一隻巨大的貓，將水屑的遺體狼吞虎嚥地吃下肚。

那個畫面太過詭異，我、真紀，還有茜都啞口無言。

「雷，已經順利回收水屑大人的身體，夠了喵。陰陽局鎮壓了那排倉庫，波羅的．梅洛也沒有用處了。我們得趕快回去，幫水屑大人轉生～」

被馨跟凜音逼到斷崖前的雷，一聽到金華貓的聲音，立刻朝斷崖壁面一蹬，藉勢飛也似地穿過兩人之間，來到金華貓身旁。

『雷，你也一起來。你今後應該要跟什麼對戰？要做什麼？要獲得什麼？都很清楚了吧？』

那句話雖然是金華貓說的，但那是水屑的聲音。

雷一言不發，朝這邊看了一眼，就跟著她們離去。

「喂，等一下，你們幾個！我不會讓你們逃走的！」

津場木茜站起身打算追上去，但真紀拉住他的手臂，阻止他。

她搖搖頭，瞪著敵人說道：

「我們已經奪走水屑的一條命，是阿水、阿虎跟阿熊的功勞。這次這樣就夠了。現在最重要的是幫受傷的大家療傷，還有救出那些被囚禁的妖怪。」

真紀很冷靜。

她明白如果在消耗殆盡的狀態下去追他們，我們這邊也會失去很多。

就算已經擊倒水屑，敵方還有雷跟金華貓。

恐怕，也還有尚未露臉的大人物藏身於幕後。

這次光是能看清敵方的情況跟想法，就已經足夠了。

第九章 歸處

往昔存在於大江山、妖怪們的「狹間之國」，有名為酒吞童子的王，還有稱作茨木童子的女王君臨天下。

酒吞童子的部下有虎跟熊這對鬼獸姊弟、強悍的雪鬼和妖豔的狐狸。

茨木童子的眷屬則有聰慧的水蛇、藤樹的精靈、雙刀流的吸血鬼，以及擁有黃金之眼的八咫烏。

那是千年前的民間故事《御伽草子》——

「大家都活著吧。」

雖然渾身是傷，但沒有少了任何一個人，全體都活著。

這是最重要的，比勝敗還要重要。

「我說呀，茨木真紀。妳血流如注耶，給妳貼這個治療用的符咒止血。」

「啊啊，謝啦。津場木茜。」

津場木茜擔心我，所以我也在手臂啪地貼上阿水身上的那個治療用符咒。

「虎、熊，振作一點。你們受了這麼重的傷，很多小朋友要哭了喔！」
「頭目、頭目。」
「我的王，你那身模樣是……」
阿虎和阿熊身受重傷，變成小老虎跟小熊的模樣，幸好性命無礙，意識也都很清醒。
比起肉體上的疼痛，他們反倒因為酒吞童子模樣的馨而感慨萬千，哭得稀里嘩啦。馨把那兩隻小野獸緊緊抱在懷裡，將臉埋進他們毛茸茸的身軀。
我也跑過去，摸摸他們的背。
「阿虎、阿熊，謝謝你們來支援。我有聽阿水說了，最後是你們殺了水屑的吧？讓你們做骯髒事了。」
「妳說什麼傻話呀，夫人。這是我們的復仇，要做一個了斷。」
「沒錯。跟水連一起實現我們無論如何都想要完成的心願……而且我們的恢復力，妳也曉得的吧？還請放心。」
「……」
我皺起眉，輕輕點了頭。
兩人平日雖然沉穩，但心中對仇敵熊熊燃燒的憎恨有多深，看水屑遺體的慘狀就明白了。
阿水也是。不惜送命，也想要打倒水屑。
我跟馨，今天都徹底明白自身的業。

我們的生命，絕非只屬於我們的東西。我們的行動跟安危，會束縛住部下跟眷屬的一生。如同他們珍視我們的程度般深刻。

「喂，我已經呼叫陰陽局的救護隊了。受傷的人就交給他們，還可以動的人，我們去海岸旁邊的那排倉庫吧。那裡還有波羅的．梅洛的餘黨在。水屑他們算是幕後黑手，但檯面上的敵人還是得處理一下。」

津場木茜略帶歉意地向我們發號施令。

我吩咐阿水、阿虎跟阿熊留在原地，並叫影兒在陰陽局的救護直升機抵達前保護他們後，剩下的人便一起往海岸的那排倉庫移動。

這時已不見凜音的蹤影。

「對了，真紀，大和已經順利救出來，送到安全的地方了。妳可以放心了。」

「真的？太好了，組長還活著！」

「嗯嗯，雖然看起來很虛弱，但沒有生命危險。而且，還有一件事……妳聽了可能會很驚訝吧。大和好像是『生島童子』的轉世。」

馨突然其來的發言，讓我「咦？」地睜大眼睛。但思索片刻之後……

「嗯……不過，你這樣一說以後，好像也能想像。雖然現在的組長是貨真價實的人類，不是生島童子那樣的巨型雪鬼，可是……眼睛或許有一點相像。」

明明從來沒有這麼想過，我卻很自然地就接受了。

反倒可以說，跟像組長這樣的人擁有前世的羈絆，我覺得很高興呢。

我這樣說之後，馨有點羞赧地笑了。

馨會特別信賴組長，願意親近他，或許也是無意識中感受到與他之間的連結吧。

在海岸邊的那排倉庫，陰陽局的特殊部隊已經壓制住敵人了。

連綿不絕的倉庫中，原本按照種族分門別類地關著妖怪、異國魔物及非人生物。但現在幾乎都被陰陽局放出來，到靠港的船隻上避難了。只有最北邊的那座倉庫前，情況顯得紊亂嘈雜。

『你們已經完全被包圍了。請乖乖投降，放開人質。』

早已抵達現場的青桐，單手拿著擴音器，正呼喊著制式的勸降話語。到底發生了什麼事？他旁邊站著鵺模樣的由理，還有身穿戰鬥裝束、軍人打扮的四神玄武。這兩人好像正吵得不可開交。

「啊～受不了，有夠麻煩！這種時候就給他射幾顆火箭炮再衝進去不就得了！」

「等等，玄武先生！你不要拿出那種危險的東西啦！那樣會連我們要救的妖怪都一起炸飛耶。」

「囉嗦！這種三兩下就被打飛的妖怪，不能算是妖怪！」

「拜託你不要以為大家的防禦能力都跟你一樣強好嗎！」

一邊是大妖怪，一邊是神明，這兩個傢伙在幹嘛呀。

青桐已經決定忽視這兩個人，持續勸誘對方投降了。

「由理，這邊到底是什麼情況？」

「啊啊，真紀！還有大家，幸好都平安無事。」

由理一看到我們，鬆了口氣似地輕撫胸口。

「波羅的．梅洛的那些幹部跑進這裡面拿妖怪當人質，不，當妖質，躲著不出來。而且這棟倉庫裡關的是淺草的妖怪們。就算青桐勸他們投降，也完全不回應。結果玄武先生失去耐性，說想要用火箭炮攻進去。」

「話說回來，玄武，你既然在，一開始就來幫我們啊。」

「不行！酒吞童子，不要撒嬌！我有我重要的任務！很重要的，任務！」

玄武的嗓門一如往常地大，但他嘴上還唸唸有詞時，就默默地收起火箭炮。

是叶老師叫他來的吧。他來這兒執行跟我們沒有直接關係的任務，就表示這裡頭還藏有其他隱情吧。

「欸，馨。你應該可以打開這扇門吧？躲在裡頭的那群波羅的．梅洛的海盜，有個叫作厄克德娜的船長。她用某種術法把這個倉庫鎖上了。」

由理開口跟馨商量。

因此，我們讓陰陽局的特殊部隊布署在後方，馨再次更動狹間結界的設定，打開倉庫上鎖的門。出乎意料地，三兩下就打開了。
砰砰砰砰……
沉重門扉一開啟，裡頭就不停射出數不清的子彈。
敵方的射擊攻勢持續不停，但在這裡的都是陰陽局的專家。
他們預先放好的護符，形成一個會把子彈彈飛的守護結界。我們在結界的保護之下，沐浴在宛如暴雨般的槍聲中，衝進倉庫。
「不准動喔！這些傢伙翹辮子也沒關係嗎？」
槍聲一停，就響起一道尖細的女人聲音。
站在敵方正中央的，是一位頭戴華麗帽子的中年女子。她用槍指著關在籠裡的一群手鞠河童。
那個女人就是波羅的．梅洛的女首領厄克德娜呀。
她身上那件貼滿人魚鱗片，閃動刺眼光芒的外套，品味實在稱不上好。
其他海盜也各自拿淺草妖怪當盾牌，做最後無謂的掙扎。
我跟馨一步一步走近。
「你們臉上表情都很慌張呢。不過沒辦法囉，誰叫你們要先對淺草出手。」
「這就是所謂的因果報應呀。話說回來，在你們膽敢對真紀下手的那時起，就不知該說你們是沒有自知之明，還是不愛惜生命呢？」

敵人大喊著「別過來！不准動！」，緊緊用槍抵著當人質的淺草妖怪，但除此之外，他們根本無計可施。

可以理解啦。畢竟他們現在可是被鬼惡狠狠地瞪著。

「大家放心，我們馬上就會救你們出去。」

另一方面，對於被抓的那些妖怪，我露出慈愛的和善微笑。

妖怪們看到我跟馨的外貌，全都驚愕地說不出話、痛哭失聲，有些甚至還不知為何地朝我們膜拜。

「酒吞童子大人，茨木童子大人～啊～」

「是淺草的水戶黃門。我們要舉起勝利的旗幟惹～」

是說這些手鞠河童也高興得太早，已經確定自己勝利了，正在大喊萬歲。

不對吧……你們還在敵人手裡耶。

「喂，吵死了你們！那幾個狩人跑哪去了！雷呢？麥咧？還有芽！一群派不上用場的雜碎。你們被自己爸媽拋棄時，是我撿你們回來的，居然忘了我的大恩大德，打算丟下我們嗎？」

厄克德娜抓狂大吼。

「可惡！水屑！水屑這惡女！她不僅花言巧語哄騙我一手帶大的雷，還連我們的船都拿走了！在她提議的嵌合體研究上，我投資了多少心血啊！那個混帳女狐狸唔哇啊啊啊啊啊啊！」

她心底已經隱約明白自己無處可逃了，卻又不願接受現實。

真難看。

「妳這樣子真難看。波羅的．梅洛的船長厄克德娜。」

「！」

「不管狩人也好，海盜也好，跟這次事件有關的人類我都不打算饒恕。可是，最無法饒恕的是妳。到頭來，就是妳太過看輕妖怪這種生物了。」

不僅是抓走弱小，還在最後關頭才發現自己一直被水屑這種最惡劣的妖怪操弄於股掌之間，徹底遭到利用。

「欸，妳少自以為了不起！小女生，我要射穿妳的頭……」

咻——

沒等到那句話說完，刀光就劃過厄克德娜。

我的刀已經砍落了她拿著槍的手腕。

「哇啊啊啊啊啊啊！」

其實我不過是裝作要砍她手腕的樣子，實際上是揮開她指著手鞠河童籠子的那把槍而已。儘管如此，厄克德娜還是一直不停慘叫，簡直就像手真的被砍斷一樣。

簡單來說，就是遭到「妖怪」欺騙，被威嚇了。

「真是好棒。妳就好好體會一下妖怪的恐怖之處吧。」

我撿起掉在地上的槍，將它指向空中。

「我沒有處罰妳的權利。雖然外貌如此，但我算是人類，還是個學生呢。所以必須遵守人類的規則，就讓陰陽局帶妳走吧。處分就交由他們決定了。」

砰——

我擊出的槍聲響徹整座倉庫。馨趁機發動狹間結界「影刺之國」。

那些傢伙的影子，被自己剛剛射擊的無數發子彈釘在地面上，個個動彈不得。趁這個時機，陰陽局的成員展開行動，輕而易舉地將波羅的·梅洛的海盜們一網打盡。

似長、又短，一連串事件終於落幕。

這次事件讓我親身見識到現在這個世界的陰暗面，但也因為這個機會讓千年前的夥伴齊聚一堂，真令人感慨萬千。還有遇見新的敵人，有新的疑慮正在萌芽。

我不想打擾陰陽局工作，便走出倉庫，大口呼吸著混著火藥臭味的空氣。

從這種地方也能望見美麗的星空呀。

「……咦？」

意識突然飄遠，我身子一晃。

但身後有一隻強壯的手臂扶住我。

「馨。」

外貌是酒吞童子的馨一把抱起我。是公主抱耶，好難得。

「肯定是貧血。妳不曉得自己流了多少血嗎？」

「呵呵，沒辦法呀。畢竟我是流越多血就越強悍的茨木童子。」

我伸手環住酒吞童子模樣的馨的脖子，緊緊抱住他。

「我好想你，酒大人。」

我稱呼這個人，酒大人。

我一直好想這麼叫。對著這個人，叫這個名字。

然後我稍微鬆開手臂，和他面對面。

「我也是喔……茨姬，妳這模樣太卑鄙了，讓人想哭。」

酒大人才一說完，就一臉要哭的神情，他為了掩飾這點，一直掛著笑容。那雙沉穩又透著憂傷的眼眸，讓我想起好久好久以前，這個鬼奪走我的心的那瞬間。

令人感傷的是，時間已所剩無幾。我很清楚。

很快，就見不到這個人了。

「已經快要變回去了吧。我有這種感覺。」

「嗯……是呀。」

「……別了，酒大人。」

「嗯，別了，茨姬。」

最後，酒大人撫摸我沾了血的嘴唇，輕輕地吻我。彼此鮮血的氣味，讓我們深切感受到對方的生命。

不需要更多話語，也不需要更多的時間。
我們光是能夠以彼此前世的模樣短暫重逢，能夠再度親吻彼此，就已經太幸福了。
在大江山的夥伴，還有這一世的夥伴遠遠地守護之下，魔法漸漸解除。
我們再次回到，平凡的茨木真紀和天酒馨。
一變回這個模樣，突然就對方才的情懷感到羞赧，兩人都漲紅了臉苦笑，下意識地輕輕拍撫對方的頭跟後背。好像在說：「原本的我們，歡迎回來。」
然後，恨不得現在就回到那個地方。
想要去接小麻糬，緊緊抱住他，還要狼吞虎嚥地大吃貧窮料理，在只有六張榻榻米大的破公寓沉沉睡去。
一想到這些，我就變得有精神了。從馨的懷裡輕盈地跳下來，英氣煥發地笑著張開雙手。
「好了，大家一起回去吧。回淺草！」
有想要回去的地方，真的是一種救贖。

「哈。全身懶洋洋的是因為現在是春天嗎？還是因為大病初癒呢？和平的日常是最珍貴的。」

「真～的～和平最重要了呢～」

那件事過了幾天之後。

大概是因為那麼大的騷動才剛落幕，我跟馨就因為反作用力而完全提不起勁。

是說，我跟馨一回到淺草就立刻發起高燒，整整睡了兩天。聽說這是強制變化藥的副作用。

如果阿水在的話，就可以幫我們想點辦法，但他受了重傷，加上又要偵訊，後來就直接去了陰陽局的醫護設施，人不在淺草。

相反地，阿虎跟阿熊立刻就恢復了。

他們原本就是強壯的妖怪，回到淺草隔天傷勢就痊癒了，甚至我跟馨還要麻煩他們照顧。

由於以上各種原因，結果我們還沒回學校上課，就直接放春假了。

既然放假，我們就像上了年紀的老爺爺跟老奶奶，啜著熱茶，從早到晚都在看綜藝節目或之前錄下的連續劇，還有一直想看的電影。

「噗咿喔～？噗咿喔～」

小麻糬拿出每片都很大塊的拼圖，在房間角落玩耍。

那是專門給三歲幼兒玩的拼圖，但對小麻糬來說似乎還有點困難，他從剛剛就一直抱著頭，臉上浮現出無數問號，左右搖晃著身體。真可愛。

結果他玩到一半就放棄了，跑去玩最喜歡的積木遊戲。在蓋城堡呀。真可愛。

「噗咿喔！」

不過擅自闖入家裡的一群手鞠河童，毫不留情地把城堡弄倒了，小麻糬大受打擊，愣在原地。

一臉就快要哭出來的表情。

「啊～好乖好乖。不哭喔，愛哭就沒辦法成為堅強的男子漢喔。」

馨立刻把小麻糬抱到自己大腿上。

小麻糬看到桌子上的雷門米香，立刻把剛剛的事拋到腦後，心無旁騖地開懷大吃。

馨側眼瞧著被丟在一旁的拼圖。

「青桐拿來的這個拼圖，對小麻糬果然還有一點困難的樣子。」

「上面寫適合三歲到五歲的幼兒呀。小麻糬還是小嬰兒呢。不過再試個幾次，一定可以成功的。」

剛剛弄倒小麻糬的積木城堡的那群手鞠河童——

「這種事簡單得要命。」

「啊——是長頸鹿耶～我喜歡長頸鹿～」

「但我更喜歡小黃瓜。」

七嘴八舌地發言，擅自動手拼起拼圖，完成了長頸鹿的圖案……

簡單來說，就是手鞠河童的智力比小痲糬還高……哎呀，這樣一想的確如此。畢竟他們可是蓋了河童樂園，還經營得有聲有色呢。

不過依然是一群蠢蛋呀……

「啊，好和平喔。」

「真的好和平。」

前幾天的事簡直就像一場夢。

我不經心地聽著綜藝節目中人們歡騰的笑聲，一邊把雷門米香塞進口中，一邊思索前幾天置身其中的那場非人生物拍賣會。

首先，關於那場拍賣會的善後事宜，昨天晚上青桐和津場木茜有來跟我們說明。

那些參加競標的傢伙，除了一小部分，在騷動結束後就釋放了。

因為即便陰陽局有逮捕主辦人的權力，卻沒有相應的權力來處置買家。

不過，當時負責買家聚集的拍賣會會場的青桐說：

「馨的『影刺之國』達到很好的嚇阻效果，當時在場的那些人應該不敢再對妖怪出手了。那一天的事，還有關於我們的記憶都消除了，只留下妖怪很恐怖跟瀕死體驗的印象，所以也不用擔心會遭到報復喔。」

居然連記憶都消除了，青桐辦得到這種事嗎！

我嚇了一大跳，津場木茜低聲告訴我：「那是青桐術法的力量。」說是可以調整記憶的時間軸。好厲害呀。

還有，這一點其實無關緊要，但馨不知何時起不再連名帶姓地叫津場木茜，而是只用「茜」來稱呼他。怎麼感覺兩個人好像感情變好了。哎呀，算了，很值得開心的事呀……

此外，救出來的那些妖怪、異國魔物和非人生物，陰陽局的成員也還在討論該怎麼處理。

淺草的那些妖怪在精神層面上接受陰陽局跟淺草地下街的照護，已經回到原本的生活。無處可去的日本原生妖怪，也被河童樂園的那群手鞠河童積極地僱用了。沒想到那群手鞠河童，有一天也會在這個地區成為值得依靠的老闆呀……

問題是異國魔物跟那些非人生物。

他們沒有權利留在日本居住，所以陰陽局跟異國的非人生物保護機關合作，送他們回原本的國家，或是依照他們各自的意願進入相關機構。

順帶一提，津場木茜救的那兩個「狩人」。

女生叫麥，男生叫芽。

雖然他們過去以狩人身分犯下不可原諒的惡行，但他們也是被海盜抓走，強制進行人體實驗的受害者。

在花了一段時間偵訊之後，發現有必要先讓他們在陰陽局的監視下恢復身心健康。至於將來，就會依照他們往後採取的行動來做判斷吧。我也認為這樣的處理很好。

接著是淺草地下街的組長，灰島大和。

組長他們被馨救出來，回到淺草之後就先住院了幾天。不過三天左右就出院了。

大和組長從去探病的馨口中得知，他是千年前酒吞童子的部下生島童子的轉世，不過……

「不、不好意思，我完全想不起來，也沒有真實感。欸，我的前世是跟你們一起戰鬥的強悍戰士？雪鬼？怎、怎麼可能……」

這反應也很有組長的風格。

記憶果然沒有恢復，而且由於他長年來都深信自己很弱，所以聽越多前世的事越是畏縮。

不過馨好像希望組長跟以前一樣就好，也有告訴他不用太放在心上。

雪鬼操縱冰雪和寒冷氣息的能力也已經解除封印了，但他還不習慣控制，有必要慢慢練習。現在還只能做到讓地面降霜的程度，所以被長頸妖名妓一乃取笑「根本是害人滑倒的壞心伎倆嘛～」。

淺草地下街的成員也都平安無事，淺草終於恢復和平了。

最後，關於其他眷屬。

在非人生物拍賣會跟我並肩作戰的凜音，從那之後就一直沒再見到。

雖然他和奇妙的吸血鬼們結夥，但不知道過得好不好。有點令人擔心……

此外，這次從頭到尾都扮演支援角色的影兒不停哀嘆：「我根本是完全派不上用場的廢物！」明明事情根本不是如此。

不過他對於找回兄弟眷屬木羅羅這件事，似乎非常高興。

她的本體是藤樹，所以暫時還沒辦法從馨做的簡易狹間裡出來，簡直就像隻小妖精一樣。不過，影兒會餵她吃金平糖，在阿水不在家的期間照顧她。

沒錯，還有關於木羅羅的今後。

「我認為木羅羅本體的那棵藤樹，種在裏明城學園是最好的辦法。」

這樣提議的人是馨。他好像從將木羅羅封印在狹間時就開始思考了。

確實如果是種在那邊，就不會產生問題，加上又有河童樂園。每天都會有妖怪來遊玩的愉快主題樂園，愛熱鬧的木羅羅也不會感到寂寞吧。

剛剛非法入侵我們家的那群手鞠河童中，正好有河童樂園的營運委員，就試著問他一下。

「可以變成新的『拍照景點』，我覺得很棒～」

他這麼說時還拍起帶蹼的小手，顯得非常高興。

這些傢伙，自己又沒辦法顯現在照片上，居然會注意時下的拍照流行呀……

「哈，話說回來，這次真的是很艱辛的一場戰役耶。」

「是呢。就像阿虎跟阿熊畫的格鬥漫畫一樣呢。」

「妳說『不要管我，你們快走』這種話時，我還想說這不就是待會兒要領便當的台詞嗎，嚇死我了……」

「這個我是不太懂啦，但馨你當時真的看起來很擔心的樣子。」

兩人啜飲熱茶，一起嘆了口長長的氣。

然後，馨緩緩提起一件事。

「光是水屑就已經很難對付了，金華貓也是個難纏的女人，加上那個寶島又是大嶽丸做的。這次雖然沒看到他人，但恐怕跟水屑是一夥的吧。水屑背後到底有多少大妖怪撐腰呀。」

「……嗯，厲害的角色站在水屑那邊，實在令人困擾呢。」

「這麼說來，有個疑問我到現在都還想不透。」

「什麼疑問？」

「我調查了製作那座寶島的人的姓名，製作者有兩人。一個就是剛剛說的大嶽丸，另一個人我記得叫作……來栖未來。就是這個名字。」

我捧起茶杯正往嘴巴送的雙手，驀地停在半空中。

「……來栖……未來？」

「人類沒辦法做出狹間，應該是妖怪取了這個名字而已。不過，這傢伙到底是何方神聖呀。」

「……」

等等。

那個名字，我曉得。

「……真紀？」

「唔、那個，我去買一下東西！該去買晚飯的菜了。」

「我陪妳一起去？」

「不用了，我只要買肉而已！馨，你顧著小麻糬。」

為了避免讓馨起疑，我拚命找藉口。

因為，那名字的主人，是我早就見過的那位青年。

「……是這樣的吧？」

我緊緊抿住唇，快步跑下公寓樓梯，奔過商店街。

那一天，你是來見我的吧？

來栖未來。不……雷。

春假期間中，四月一日愚人節。

我們沒有興致說謊捉弄他人，為了盡快種下木羅羅而來到裏明城學園。位在這兒操場上的河童樂園，今天也因為春假而人潮洶湧。

「呼，這樣就差不多了吧。」

我從一大早就跟手鞠河童一起在中央廣場的空曠處，為了挖出大洞，挖了好久的土。我把全身沾滿泥土的手鞠河童，還有只是享受玩土之樂的髒兮兮小麻糬從洞中拉起來。待會兒就要把木羅羅種進去了。

「好，那來種吧。」

馨打開封著木羅羅的透明方塊，將藤樹的根部完全放進洞裡。因為那是一株纖細的樹木，所以我在旁邊不停嘮叨，要大家再小心一點。

手鞠河童，把拌好肥料的土倒進去埋好～

馨，你用擅長的結界術做一個可以支撐藤樹枝的透明藤架～

大夥兒七手八腳地，終於順利完成種植。

透明藤架將美麗的樹型襯托得更加華美，藤樹穩穩佇立在此。

「好棒喔好棒！太棒了～」

木羅羅以曲折的樹幹為中心繞圈圈奔跑著，簡直就像個小朋友一樣高舉雙臂，開心得不得了。她終於重獲自由，心情想必很暢快吧。

還有，那群壞蛋逼她穿的輕飄飄服裝，她好像很中意，現在也還穿在身上。不過跟她真的很搭，也滿好的。

「木羅羅，喜歡這裡嗎？」

「嗯。因為呀茨姬，這裡跟狹間之國很像喔！」

「是嗎～？這裡是到處都是河童的主題樂園喔。狹間之國應該更莊嚴、更氣派才對吧。」

「不是外觀的問題喔，酒吞童子。空氣和太陽的氣味很相似喔。是你做的狹間的氣味。」

木羅羅輕飄飄地飛起來，在樹枝上坐下。

接著，三隻腳的黑色烏鴉停在她身旁。

是影兒。千年前好像也是如此，木羅羅的樹成了影兒棲息的樹木。

「我家小弟還是這麼可愛耶。」

木羅羅輕撫小烏鴉形貌的影兒鳥嘴。

這一幕令人無比懷念，我悄悄地微笑了。

「……」

搖曳生姿，長年綻放的藤花隨風晃動著。

千年前，這棵藤樹是我們「狹間之國」的結界柱，展現著美麗又如幻想般的藤花景象。這棵樹，是那個國度的象徵之一。

可是卻被叛徒水屑放火燒了。

木羅羅從幼苗漂亮復活，但現在藤樹還不如千年前般巨大。

這一世，希望她就在這兒紮根，隨著時間慢慢再長成一棵雄偉的藤樹。

「我們帶東西來探班惹～」

「小黃瓜霜淇淋和河童黃瓜汽水，還有新出的河童包子喔～」

「模樣很可愛，客人都說發表在ＩＧ上大受好評喔～」

手鞠河童們接二連三送來樂園中的美食。

新產品「河童包子」是蔥鹽豬肉包，外觀正如其名，是一張手鞠河童的臉。但有好多個不是眼睛歪得很厲害，就是嘴巴偏得很嚴重，或是河童頭上的盤子快要脫落了，有點粗糙。

「欸，這個有很可愛嗎？應該是很恐怖吧。真的在ＩＧ上大受好評嗎？」

「啊～臉有缺陷美也是一種話題呀～」

「不管我們怎麼努力，都會因為製作者的技術讓成品出現落差～這也是樂趣之一啦～」

「啊、啊……算了沒差啦。」

手鞠河童的藉口就先擺到一旁，味道倒是不錯，這樣就可以接受。

希望他們有一天也可以做小麻糬的甜饅頭。我這樣自言自語後，那群手鞠河童立刻圍成一圈：「黑芝麻饅頭如何？」、「巧克力饅頭吧？」七嘴八舌地認真討論起來。

我們享用著這些美食，在藤樹下休息了一會兒。開放的中央廣場來了許多客人。

各種小妖怪，還有大妖怪也來了。

一場像要讓大夥兒徹底忘卻陷淺草於騷動不安的「狩人事件」般的熱鬧宴會，揭開序幕。

簡直就像是千年前的大江山一樣。

「咦咦？為什麼木羅羅可以自由地待在阿水家裡？」

春假也快到尾聲了。

我聽說阿水回來了，便到千夜漢方藥局露個臉，結果居然在那裡看到木羅羅優雅地在品嚐藥膳茶。

記得木羅羅應該只能待在藤樹本體的附近才對。

「俺也不太清楚，可能因為被挖起來移植了好幾次，突然變得可以稍微移動一點距離了。好像變得能隨環境變化調整了。以前身體都感覺很沉重，現在則是身輕如燕喔。」

木羅羅指向窗邊細長花瓶中插著的藤花。

「只要像那樣放一串藤花在旁邊，俺就可以在一定範圍內移動喔。而且這串花快要枯萎時，只要再去摘一串新的就好了。所以俺打算一直賴在這裡。」

她看起來很高興，笑容滿面地說道。

那是當然。畢竟千年前，木羅羅沒辦法離開巨大藤木的範圍，總是只能等待別人來看她，常常感到很寂寞。

雖然被火燒，被連根挖起，被關在封閉而拘束的結界，但木羅羅卻因此獲得了自由，搞不好反而是因禍得福。

「太好了呢，木羅羅。那麼實際上木羅羅就是在阿水家生活囉？」

「嗯，就是這樣呀～」

阿水無奈地搖搖頭，端來給我的藥膳茶。

他的個人特徵單片眼鏡也新做了一副，看起來已經完全恢復精神了。太好了。

「還得準備另外一個房間，真是累死我了。不過家裡變得很熱鬧，滿好的。木羅羅又很可愛，有個女生在，這個都是臭男人的家裡也會蓬蓽生輝呢～」

「俺沒有性別喔。」

「無所謂啦！反正我心中是把妳算成『女生』啦！不這樣想，我哪撐得下去啊！妳的衣服也是女裝比較好吧？」

「嗯，女裝比較漂亮，又可愛，還很適合俺。」

「好喔好喔～叔叔我會買一些可愛的衣服給妳。影兒是穿圍裙，那木羅羅就穿女僕裝好了。明天就去秋葉原一趟！」

「這傢伙怎麼回事，好噁心呀……」

阿水有如變態般的發言，讓穿著圍裙的影兒十分傻眼。

「對了，木羅羅。要不要現在去淺草走走？我想要帶妳去吃淺草的美食，也想讓妳看一些很有味道的地方！而且還有一些人想介紹給妳認識！」

「嗯。哇～茨姬！」

我拉起木羅羅的手，衝出藥局。

阿水也說「今天關店了～」，就拉下鐵門跟了上來。影兒也忙不迭地向木羅羅介紹附近值得推薦的店家。

即使只是稍微出門逛逛也好。現世對木羅羅來說，充滿了新鮮的事物。

「這棟氣派的建築物是什麼？」

「那是淺草演藝廳喔。是表演落語或漫才，讓觀眾大笑的地方。淺草也是演藝之街喔。」
「這邊的是什麼？」
「花屋敷樂園喔。日本最古老的遊樂園，淺草的地標之一。下次一起去玩吧。」
「那個是什麼？」
「淺草寺喔。每天都會有滿滿的人潮來參拜，可以算是日本具有代表性的寺廟喔。我們去拜一下吧。」
我一一向她介紹路過的淺草知名觀光景點，接著到淺草寺的本殿參拜。我祈求木羅羅今後會喜歡上這塊土地。
然後，我們往仲見世街走去，準備好好享受令人期待的淺草美食。
「妳看！淺草名產，炸饅頭！」
我先到從淺草寺方向數來第三家店的「淺草九重」，買剛起鍋的炸饅頭。
木羅羅以前很愛吃甜食，我想她肯定會喜歡這個炸饅頭。
「這是什麼？」
「別問那麼多，先吃一口再說。」
我話一說完，自己就先大口咬下炸饅頭。
用熱油炸得酥脆的外皮中，包著滿滿熱燙的豆沙餡。
又酥又香，而且甜度適中，不會太膩。出乎意料地兩三口就吃完了，讓人意猶未盡地還想再嘗試不同口味，就是這家炸饅頭的魅力。

「啊～這個俺喜歡～」

「對吧。我就知道妳會愛。」

我不禁得意起來。

我吃的是原味，但嘗試各種口味來比較應該也很有趣。阿水選的是抹茶豆沙餡，影兒的是卡士達醬。而小麻糬，就是他最愛的番薯口味了。

「好，去下一家吧！」

「哇，茨姫火力全開了耶～」

接下來前往的是，現烤仙貝很受歡迎的「壹番屋」。

我特別推薦剛烤好的仙貝刷上醬汁，再包上大片海苔的「淺草海苔口味」，可以享受到脆硬口感，和純粹的白米風味與醬油香氣。

這也是轉眼間就吃完一片了。甜的後面來個鹹的，真不錯呢。

「好，最後再用甜點收尾吧！」

「真紀衝個不停耶～」

「當然呀，阿水！我也想要感受一下久違的淺草活力。主要是用胃來感受啦！」

「原來如此，那我就來為真紀、木羅羅、小麻糬，順便還有影兒，貢獻一下心力好了，也算是感謝你們賭命帶我回來。用錢包來效力～」

阿水嘿嘿笑著打開錢包。我也毫不客氣地說：

「嗯～那我還要吃淺草燈籠最中，謝啦。」

「如您所願，茨姬大人！」

下一家店是「淺草燈籠最中」。這是用燈籠形狀的小型最中夾上冰淇淋吃的點心。外觀也很小巧可愛。

這裡也有很多種口味，不過我只偏愛「黃豆粉」。夾著黑蜜黃豆粉冰淇淋的燈籠型最中外皮酥脆，跟日式口味的冰淇淋是絕配。

「影兒，你吃的是什麼口味？」

「紅薯口味的冰淇淋。我跟小麻糬都喜歡這家的紅薯。」

「嗯～那俺也選這個好了。」

木羅羅跟感情好的影兒一樣選了紅薯。阿水則挑了冰淇淋的王者，香草口味。

之後我們也繼續逛仲見世街，吃遍各種美味食物。

有必吃的吾妻吉備糰子、我最愛的淺草炸肉餅、還有包著舟和番薯羊羹的舟月銅鑼燒……

「嗯～好像已經滿足了，又好像還想再吃一點。」

「天呀～要跟上真紀的胃消化的速度，我可是拚上老命呀。」

眷屬們開始一一舉白旗投降。

怎麼辦才好呢？我正猶豫不決時……

「喂，終於找到你們了。」

「啊，馨。打工結束了嗎？辛苦了～」

馨在此時加入我們。雖然現在因為是春假，仲見世街人潮洶湧，但只要有馨那雙眼睛，一下就能找到我們了吧。

「唷，茨木。」

「啊，組長也在！還有大黑學長。」

好像是馨把組長和大黑學長帶過來的。

我立刻就向木羅羅介紹在淺草特別照顧我的這兩位。

「這邊這位長相很嚇人的，是在淺草為了妖怪四處奔走的尊貴人士喔。叫作大和組長。啊，而且他是生島童子的轉世。」

「喂，茨木，妳的介紹也太沒邏輯了吧。」

「然後這邊這位背後在發光而且氣場神聖的，就是淺草寺的大黑天大人。雖然熱情到讓人有點壓迫感，不過非常靈驗，可以偶爾去參拜一下喔。」

「哇哈哈。不愧是真紀小子！就連淺草寺的神明都可以介紹得這麼亂七八糟。」

木羅羅也不曉得是從那裡學來的，拉起輕飄飄的裙襬，輕輕彎下腰。

「俺是茨木童子的前眷屬，名字叫作木羅羅。今後請各位多多指教。」

她以威嚴而富有魅力的聲音報上名字。

異於常人的美貌，澄澈輕盈的音質，展現出植物精靈的高潔與純淨。

組長和大黑學長露出溫煦的眼神，像在說：「淺草又來個不得了的人物了。」

「啊，對了對了，組長。我想在淺草寺前面像觀光客一樣照相，可以嗎？」

「可以呀，觀光客輪流照相很正常，這有什麼問題。」

我興奮地歡呼。

立刻拉著大家往雷門前面移動。

馨走到我身邊，悄聲說：

「真難得耶，妳居然會想在雷門前面拍照。妳以前不都覺得反正就住在這兒，沒必要做這種事嗎？」

「因為這個瞬間只有現在呀。要照很多照片，老了之後才有東西可以回味。沒錯吧，馨？」

「老了之後呀。」

雷門前聚集了許多觀光客，剛好有個短暫空檔人變少了，我們就排排站到淺草地標的雷門前方。

「快點，組長也一起！」

「咦？我，那個……我完全沒有過去生島童子的記憶喔……沒關係嗎？」

「無所謂。而且我們平常就一直受你照顧呀。」

馨也開口說服顯得顧慮的組長。

「啊，由理！」

我眼尖地發現正飛在空中巡邏淺草的由理，朝他大喊：「飛下來～」

由理立刻發現我們。

「咦？這什麼情況？」

「我想在雷門前跟大家一起照相，由理也進來吧。你以前也像是狹間之國的客座導師呀。」

「咦咦？可以嗎？我們立場不太一樣喔。」

「無所謂啦。話說如果沒有你在，酒吞童子跟茨姬根本不會相遇。換句話說，狹間之國根本就不會誕生呀！」

「原來如此，的確有道理。好，那我就不客氣了。」

由理爽快地加入我們。

「啊！那不是頭目，還有夫人嗎？」

「欸～大家聚在這裡，發生什麼事了嗎？」

阿虎跟阿熊剛好在絕佳時機路過。兩人整夜沒睡，一副虛脫的模樣，但他們喜歡熱鬧，立刻就加入我們。

「凜！凜音！反正你一定躲在哪裡吧。快點出來！我的血給你喔。」

最後，我揚聲喊著最難搞的問題眷屬。

果然，凜神不知鬼不覺地現身了。

想要找他時，只能拿出鮮血這個誘餌呢。

「幹嘛？茨姬。」

「我們要照大合照，你快過來。」

「我、我不要。」

凜音正打算開溜，不過——

「喔喔，是凜耶！好久不見了！變得好成熟喔！」

「凜音，一切都好嗎？你還是帥到像一幅畫耶。」

阿虎跟阿熊一副熱情親戚的態度圍上去堵住他。對於過去曾是他劍術師傅的這兩人，凜音果然無法造次，只好沉著一張臉留下來。

好，這樣就到齊了。

「這裡……大江山的夥伴們，全都在呢。是吧？茨姬。」

站在隔壁的木羅羅輕輕握住我的手。

「嗯，是喔……木羅羅也是，謝謝妳一直等著我們。謝謝妳來到淺草。」

我也緊緊握住她的小手。

然後，我們跟珍視的夥伴們一起在雷門前面拍照。

在溫暖的春天，傍晚的彩霞下。

「笑喔笑喔！笑到快死那樣笑喔～好囉，起～司！」

誠惶誠恐地，讓淺草寺的大黑天大人幫我們按下手機的快門。

帶著笑容。

願今後大家也能一起幸福度日。

〈裡章〉真紀得知那個人的真實身分

春假最後一天，是河童樂園的公休日。

一個人影也沒有、靜悄悄的遊樂園，只有大型遊樂設施的剪影，顯得非常寂寥。巨大的太陽緩緩下沉，宛如燃燒般的黃昏天空，顯示出這個空間並不存在於現實之中。

「不過，對我來說正好。」

我在裏明城學園舊館的走廊上，往舊理化實驗室走去。

去見某個把這兒當成據點的人物。

現在明明是春假，那個人還是一身白袍，往教室的窗戶外吞雲吐霧，出神凝望著靜謐而鮮紅的黃昏天空。
「你好，叶老師。」
「……茨木呀。」
老師靜靜回過頭。那頭不像日本人的金髮，在慵懶的雙眼四周飄動著。
叶老師。不，安倍晴明的轉世。
這個男人前方的桌面上，高高堆著好幾份資料，還有一些紙張零星散在桌面，看來他正在調查什麼。在那裡頭也有跟波羅的．梅洛有關的資料。
是四神的玄武找回來的吧。
這男人表面上看起來不插手管任何事，但一直獨自為了某個目的而展開行動。
我現在還不曉得那個目的是什麼。
「我想說妳也差不多該來了。妳有事想問我吧？」
正如老師所料。我只是點點頭。
平常老是待在他身邊的葛葉不在，式神玄武，還有由理也不在。
叶老師搞不好是特地在等我過來。
「關於波羅的．梅洛的事，我想老師應該已經聽由理和玄武說過了，在狩人之中，有一個叫作『雷』的人。不，他真正的名字是『來栖未來』，那個人……」
「妳是要說他跟天酒馨很像這件事嗎？」

「……真是的，你講得理所當然知情的樣子耶，叶老師。」

老師之前說的「命中注定的相逢」，就是指這件事吧？

我閉上眼，深呼吸，微微睜開眼睛。

抱著一個類似決心般的心情。

「那肯定有什麼原因。也不可能是我的直覺出問題。那樣一來，理由只有一個。這跟馨的『謊言』有關吧？」

叶老師沉默了片刻。

他將原本叼在嘴上的香菸，在菸灰缸中按熄，慢條斯理走來黑板前方。

「上課了，茨木。」

「……啊？」

「我們從遙遠過去的事實來推理吧。當時，酒吞童子因首級被砍落而死。那麼，砍斷那個首級的東西是什麼？」

叶老師依序拋出疑問。簡直就像是在引導學生找出問題的答案似地。

「那是……源賴光的寶刀『童子切』。」

聞名於世的一把刀。

知道酒吞童子傳說的人，都會同時聯想到這把刀吧。

「沒錯。那把『童子切』現在受到陰陽局嚴密的保管，也沒有像其他寶刀一樣託付給局裡優秀的退魔師。因為那把刀會『切割』某個東西，異常危險。」

異常危險？

那當然呀，我也曉得那把刀是不得了的武器，畢竟是砍死酒吞童子的東西。不過叶老師說的危險，似乎另有所指。

「童子切是一把『切割妖怪魂魄』的刀。」

老師的聲音冷靜地無情。

「……切割妖怪……魂魄的刀？」

「一般來說，魂魄會因為被切割的衝擊而消滅，根本不可能再轉世投胎。但像酒吞童子這種大妖怪，情況就不一樣了。」

老師拿起白色粉筆，在黑板上畫了起來。

非常隨意的人形。他在脖子的部分，狠狠畫上一條「線」。

「源賴光用童子切砍下酒吞童子的首級。但就連像他那般強悍的退魔武將，也沒辦法消滅酒吞童子的魂魄。因此，就如同身體分離成首級和身體，魂魄也一分為二。」

「魂魄……一分為二？」

黑板上的圖，突然讓人覺得好有真實感。

叶老師在頭部寫上數字的「1」，接著在身體寫上「2」。

光是這樣，就讓人內心浮現非常不好的預感，我用力握緊忍不住顫抖的手，瞪著叶老師。

因為這樣一來，就表示酒吞童子的魂魄現在有兩個？

叶老師的表情紋風不動，淡淡往下說：

「源賴光一行人在殲滅酒吞童子後的歸途才發現這件事。那時他們已經在將首級當作戰利品帶回去的路上，但如果把還寄宿著魂魄的首級拿回平安京，可能會引發災厄，他不能讓這種事發生。他擔心這樣下去，平安京可能會遭逢饑荒或大災難。畏懼酒吞童子作祟的源賴光，在那時獲得地藏菩薩的協助，從首級中把魂魄取了出來。」

「……他把首級裡的魂魄，藏到那裡？」

「源賴光把它封印在自己體內。」

「……」

我咬緊牙，把那不好的預感咬碎，在我頭腦完全理解之前。

妳已經聽懂了吧？叶老師的眼神似乎正靜靜地這麼問，接著他說出真相。

「雷……不，來栖未來的真實身分就是『源賴光』的轉世。而且也是酒吞童子『一半』魂魄的寄宿者。」

我慢慢睜大雙眼，眨也不眨，然後緩緩地、緩緩地，低下頭。

從我握緊的拳頭中，無聲地淌出鮮血。

「然後，寄宿著另一半魂魄的，就是馨？」
「沒錯。天酒馨沒有自覺的謊言，就是關於魂魄的『謊』。因為他不是完整的酒吞童子轉世。」
等我回過神，眼淚已經掉個不停。
「……這是什麼呀。」
我的眼淚啪地落在腳邊手鞠河童頭上的盤子裡，那孩子一臉擔憂地抬頭望著我。因為——
「這種事，馨要是知道了，會受到多大的傷害呢……」
這個真相，會將他至今深信的自我存在徹底推翻。
被砍斷首級而死。
為了那個首級，多少人爭得你死我活。
他只是想要打造一個妖怪的容身之處，才成為王，一直守護著他們。
只是一個專情地陷入愛河的鬼。明明就只是那樣而已。
「我話說在前頭，不會因為魂魄只有一半，就有什麼生命危險喔。只是，還有另外一個人存在而已……即使這樣，妳果然還是會為天酒馨而哭呀。」
叶老師的那句話，讓我猛然抬起臉。
「當然呀，我愛的人是馨呀。」
「也因為另外一個人，是妳恨之入骨的源賴光的轉世嗎？」

「才不是。只是因為馨就是馨。」

我沒有絲毫迷惘。只有這一點，我非常清楚、確定地，說出口。

那是件非常重要的事。就算酒呑童子的轉世還有另一個人，也沒有什麼好遲疑。不能遲疑。

茨木真紀愛的人是，天酒馨。

「那另外一個人就拋下不管了嗎？即使他向妳求救的話。」

叶老師無情的話語，讓我表情瞬間扭曲。我，狠狠瞪向「晴明」。

一把揪住眼前這個講得好像自己無所不知的男人，哀求似地說：

「所以才殘酷不是嗎！因為，那個人也是真正的『酒大人』呀！」

可是，也是仇敵源賴光。不管他有沒有記憶，兩個極端的魂魄寄宿在同一個身體裡是什麼情況，我大概可以想像。

只是我不甘心，不甘心，真的好不甘心。

那個人的魂魄，到現在也被命運愚弄著。

但我該怎麼辦才好?完全不知道。

多麼殘酷的情節。

我們明明只是想要得到幸福。看來掌管命運的神明，打從心底厭惡我們。

後記

大家好，我是友麻碧。

淺草鬼妻日記也來到第六集了。這集的內容跟以往稍有不同，是脫離日常，有些嚴酷的故事。

其實在封面上，相對於第五集的「日常」，這一集的封面也表現出「非日常」。

晝與夜。人類與妖怪……請各位務必仔細比較看看。

這集是主角們離開淺草，搭上大型郵輪，為了救出夥伴而潛入敵營的故事。

這也是千年前的酒吞童子跟茨木童子一直在做的事，正如標題名稱，這一刻他們降臨了，如同以往為了拯救妖怪和夥伴而拚命。

夥伴們被抓走，為了前去救援而跟原本的敵人攜手合作，與壞蛋交戰……故事裡放進了許多少年漫畫般的激烈戰鬥場面，還有少女漫畫般的戀愛內容，最後再回到一如以往的淺草日常。

我想要寫出像這種很有他們風格的故事。

如果讀者在閱讀過程中感到享受，我真的會很開心。

順帶一提，說到橫濱中華街，我超愛吃蛋塔的。溫熱、濃稠的布丁內餡在派皮中晃動的模樣十分誘人，兩三口就吞下肚是最棒的。還有這次也成為舞台之一的橫濱港大棧橋，那邊的夜景真的很漂亮，各位如果去橫濱觀光時請務必去走走。

接著是宣傳時間。淺草鬼妻日記的漫畫版要發售了（註２）。

這次還將同時發售原著小說的漫畫版 B's-LOG COMICS《淺草鬼妻日記　妖怪夫婦今生要幸福》第二集。以及從馨的視角製作的角川 Comics・Ace《淺草鬼妻日記　天酒馨希望與前世妻子過安穩小日子》第一集，預定在本月分的二十六日發售。（簡單來說，就是三月會發售原作小說第六集，跟漫畫版兩本喔！）

這兩本雖然故事內容都和原作相同，但視角改變後，角色和故事給人的印象也會隨之改變，我自己看了也有許多新發現。不論哪一本都是出色又令人感到自豪的漫畫版。

希望各位讀者也能從這兩個漫畫版中，欣賞到真紀和馨栩栩如生的活躍模樣。

此外，這次為了宣傳淺草鬼妻日記，製作了聲音版ＰＶ！

每個角色都會加上聲優充滿個性的聲音，我也滿心期待地撰寫了腳本。總之，我們將大家「想要聽到聲音！」的台詞，滿滿地塞進這支ＰＶ中，希望各位務必觀賞一下。

最後，我想要感謝參與作品的諸位跟各位讀者。在即將發售第六集的此刻，這部作品有許多不同方面的發展，因此這次謝辭稍微長了一些。

責編大人。在寫第六集的過程中，獲得許多寶貴的建議，真的萬分感謝。這次在撰寫過程中遇上不少困難，但編輯的建議給予我很大的助力，才能順利完成這一本作品。此外，您也花費了許多心力，以各種方式宣傳、發展這個系列作，真的很謝謝您。

插畫家あやとき老師。

這次的封面真的很帥氣！相對於第五集的日常，這次的圖跳脫日常，畫出色彩鮮豔又帶著妖氣的氣氛。前方的凜音表情真是好呀，還有拿著小樹枝呈現備戰狀態（但看起來很弱）的手鞠河童好惹人憐愛。我還以為有雙刀流的手鞠河童出現了，結果是前面有另外一隻兩手空空，笑死我了。此外，您在百忙中還分神幫PV畫了許多可愛的Q版角色並繪製宣傳漫畫，真的非常感謝！

最後是各位讀者。謝謝你們一直以來寫信或發推特讓我感受到你們的支持。

有時候我也會感到喪氣，但從各位讀者的話語中，獲得了相當大的鼓勵。

三個謊言都揭穿了，這裡開始是故事的轉折點。

危機四伏的第六集之後，第七集將再次回到淺草的日常。真紀等人會升上三年級，認真思考將來的道路，同時很多事情開始朝向結局轉動。這一集我想描寫這樣的內容。

下一集預計會在秋季發售。

請各位多多指教。

友麻碧

註2：後記提及的均為日本出版資訊，各書名為暫譯。

國家圖書館出版品預行編目資料

淺草鬼妻日記．六，妖怪夫婦大駕光臨 / 友麻碧作；莫秦譯．-- 初版．-- 臺北市：臺灣角川，2019.10

面；　公分．--（角川輕．文學）

譯自：浅草鬼嫁日記．六，あやかし夫婦は今ひとたび降臨する。

ISBN 978-957-743-325-1（平裝）

861.57　　108014208

輕文學 Light Literature

淺草鬼妻日記 六 妖怪夫婦大駕光臨

原著名＊浅草鬼嫁日記 六 あやかし夫婦は今ひとたび降臨する。

作　　者＊友麻碧
插　　畫＊あやとき
譯　　者＊莫秦

2019年10月7日　初版第1刷發行

發 行 人＊岩崎剛人
總 經 理＊楊淑媄
資深總監＊許嘉鴻
總 編 輯＊呂慧君
編　　輯＊薛怡冠
美術設計＊李曼庭
印　務＊李明修（主任）、張加恩（主任）、張凱棋

台灣角川

發 行 所＊台灣角川股份有限公司
地　　址＊105台北市光復北路11巷44號5樓
電　　話＊（02）2747-2433
傳　　真＊（02）2747-2558
網　　址＊http://www.kadokawa.com.tw
劃撥帳戶＊台灣角川股份有限公司
劃撥帳號＊19487412
法律顧問＊有澤法律事務所
製　　版＊尚騰印刷事業有限公司
I S B N＊978-957-743-325-1